愛書来

谨以此书纪念谷林先生百年诞辰

劳祖德（谷林）先生

（1919-2009）

国庆十周年留念

北京照相1959.

一九五九年与夫人、女儿合影

二十世纪八十年代在中国历史博物馆

在朝内大街家中绿窗前受访晤谈

爱书来

扬之水存谷林信札

谷 林 著

上海译文出版社

目　次

写在前面的几句话

扬之水

　　幼小远离父母，在京城外婆家居住，略略识字之后，外婆就教我给父母写信，信寄出，自然也心心念念盼着回复，因此从小便觉得通信往来是一件很有意思的事。后来自己的婚姻，竟也有一半是系于书信。

　　到《读书》不久，就听老沈说，有一本《秋水轩尺牍》，一定要好好读一下。我很听话，马上就买了来，是湖南文艺出版社一九八七年版，印数一万八千册。校注者在篇幅不短的前言里对书信作者即晚清许葭村有所描述，并详细介绍此书的内容与价值。关于他的行迹，原即得自于这一编尺牍，而许葭村也即因《秋水轩尺牍》而留名。虽然翻览之下，觉得它并不是我喜欢的一类，但却明白了老沈的意思，便是告诫我们有必要学会写信，因为它是编辑的组稿法门之一。这本来是我一贯喜欢的交往方式，自然而然用于工作中，因此《读书》十年，留存下来的作者信札不少，数量最多的便是来自谷林先生。

　　先生本姓劳，"谷林"、"劳柯"，都是笔名。清代藏书家仁和劳氏兄弟，是极有名的，弟弟劳格季言尤其在考证上颇具功力。凡手校之书，无不丹黄齐下，密行细书，引证博而且精，又镌一小印曰"实事求是，多闻阙疑"，钤在校过的书上面，先生的读书、校书，与求甚解的考订功夫，便大有劳季言之风，——"丹黄齐下，密行细书"，是形似；"实事求是，多闻阙疑"，是神似，有时甚至认真到每一个标点符号妥帖与否，因每令我辈做编辑的，"塞默低头"，惭愧不已。初始与先生通信，多半是关于

《读书》的校样或回复我的稿约。之后自然过渡到谈书，兼及近况，兼及与友朋的交往，中心议题实在还是一个"书"字。虽然只是九十年代一位爱书人和几位爱书人的读书生活，却无意中成为彼一时代读书境况的一角剪影。转思此不过二十年前事，今日重温却恍若隔世，这一束信札便更觉可珍。

先生健在的时候，止庵动议编纂谷林书札，而命之曰《书简三叠》，我和沈胜衣都积极响应，《三叠》所收致扬之水、止庵、沈胜衣书凡一百四十五通，二〇〇五年由山东画报出版社出版。先生在此书的《序》里写道："前人有诗云：'老病难为乐，开眉赖故人。'又云：'得书剧谈如再少。'圣陶先生更把晚岁与故人来回写信视作'暮年上娱'。止庵盖深会此意。这件小事如果借电话一说，岂不简省，但像来信蕴涵的那般顿挫环荡情味必会全部消失。"这里说圣陶先生把晚岁与故人通信视作"暮年上娱"，也很像是自况。暮年时期的先生，写信几乎成为命笔为文的唯一方式。如果先生是在此中寄寓了经营文字之乐，那么他人所感到的便是由文字溢出的书卷气以及与信笺和字迹交融在一起的那般顿挫环荡之情味了。

"惯迟作答爱书来"，梅村诗中的这一句很是受人喜爱，以纸为媒的鱼雁往还时代，它的确是多数受信人的心思。谷林先生虽然"惯迟作答"，而一旦书成，必为人爱。晚年所作书信的内容，认真论起来，很少有"事"，更鲜有"急事"，淡墨痕，闲铺陈，不论大小，一纸写竟，便正好收束。比较前番收在《书简三叠》里写给我的五十三通，此番所收之一百五十六通，数量是大大增加了，但风格气韵始终如一。之前以及目前，我都曾计划对书信中的一些人和事略作诠解，但最终还是放弃打算。一是时过境迁，不少书信中提到的具体事务已经记不得原委，二是这一束书简里要紧的并不是保存了怎样的史料，而是特别有着文字的和情意的好，也可以说，它同先生的《答客问》一样，是为去古已远的现代社会保存了一份触手可温的亲切的古意，那么其中若干细事的不能了然，似乎不成为问题。

不过到底还是有件细事似可稍作分疏，因为近年常常有人问及。先生来书或以"兄"相称，这原是一个很平常的称谓。《两地书》中，鲁迅对许广平的惊讶——"我值得而且敢当为'兄'么？""不曰'同学'，不曰'弟'而曰'兄'，莫非也就是遊戏么？"——乃如此回复："这回要先讲'兄'字的讲义了。这是我自己制定，沿用下来的例子，就是：旧日或近来所识的朋友，旧同学而至今还在来往的，直接听讲的学生，写信的时候我都称'兄'；……总之，我这'兄'字的意思，不过比直呼其名略胜一筹，并不如许叔重先生所说，真含有'老哥'的意义。"

己亥上秋

整理说明

扬宁

正编收入谷林写给扬之水的信，计一百五十六封。其中曾经《书简三叠》发表的五十三封，曾经《谷林书简》发表的十一封；另九十二封，属首次发表。

附录收入扬之水致谷林的信，计三十八封。谷翁对通信郑重以待，来札上常常会注明收到日期，有时还会写明答复日期，所存扬之水书信数目远不止此，我们选择一部分收入本书，是存了为谷翁信中所述人和事能有对应的念头——飞鸿往还之间，事务上在在"有问必答"，乃至搜集材料后一答再答，谦怀踏实的老辈风范，于斯乃见。

需要说明的有两点。

一是关于排序。谷翁的信多不写年月，整理者排比次序，在参考已经出版的两种书信集之外，所依据者，主要是信中所谈的文章、书事和人事，能大致判定时间的为一百四十四封。

二是关于文字移录。整理原则大致如下：凡涉及私人通讯方式者，概以省略；阿拉伯数字，除了物价外，径改为汉字；专栏名（如品书录、琐掇等）不特意补加引号，作者原先已加的则不加删削；书籍类酌加书名号，以便阅读。此外，为了尽可能地呈现书信原貌，整理者只对少许明显笔误进行了改正，繁体字和异体字予以保留，正字以方括号〔 〕标于后，区别于写信人自用的六角括号〔 〕；用词习惯亦尊重作者意见，不做改动（如扬之水将陆灏的名字写为陆昦）。收信人在来札上的批注，置于方括号内予以保留和说明——如果说复信是明知对方会收到，批注则是本来只有自己晓得的细致阅读、展纸相对，情意帖帖，最是动人。

谷林致扬之水

丽雅兄：

由子明兄带下的信，收到已数天。昨天又收到施先生的复信，他回答了我问他的关于《浮生杂咏》的问题，说：见于《鲁迅书信集》。我查了一下，算是懂了，可是又发生了新的疑惑，尚待推敲。但不便再去问。我近来颇有点怀疑主义的倾向，觉得历史甚难弄清楚，细节更无法落实。

来书作于"六月初十亥时"，贤劳何如！拜佩拜佩。但是那一天刚巧是邮资涨价的日子，代发施信，还让你赔补了邮费，极感不安，只得鞠躬道谢了。

上信中我提了七月号中的几个错字，大都无关紧要。校对不精，几乎已成风气，对于报刊，也是情有可原，剋日程功，一目十行，岂能像我们读者可以悠悠缓缓喝茶谈天中浏览两三行忽然有得哉！此期中大约还有错字，今日恰逢立秋，秋后叶落，殆难尽扫。惟《晚翠轩诗》一文稍有疑窦，略举如下：

一、页廿二，行七，《题三遊洞》诗末句"趄卧"，想是"暂卧"。

此诗第二句"窟颜"两字，很特别。也许不错，意思是"洞窟里的容颜"，只是不免有些怀疑。同页第二十行《北行杂诗》首句"客店骡马滚"的"滚"字亦甚奇，不知有误否。

二、页廿四说《直夜》第三句"身锁千门心万里"云："虽心锁千门，却心高万里……"，第一个"心"字自当作"身"，而后一句的"高"字亦可斟酌。从题目看，作者当时似在禁中值夜班，故云"身锁千门"，而"心"则是锁不住的，远驰于万里之外。我颇怀疑此诗末句"清辉"是用杜甫《月夜》"清辉玉臂寒"两字。杜诗末联云："何时倚虚幌，双照泪痕干？"晚翠诗意亦似之。果然，则此篇只是思内之作耳。

三、页廿四—廿五说《狱中示复生》"慷慨难酬国士恩"，谓"国士"指光绪帝，大误。张良荐韩信于刘邦，称信"国士无双"，讵可移用于皇帝！此句是说光绪待我以国士，恩遇隆重，无以酬报也。

我查了一下《戊戌变法人物传稿·林旭》篇，篇中引此诗列二说：梁启超谓"千里草"用何进事，陈衍谓指董福祥，《传稿》作者未加论定。我又查了《清史稿·董福祥》，从《史稿》看来，很难信从陈衍之说。现在如认为陈衍的说法胜过梁启超，似当有些讲解，说说董福祥在戊戌时的表现及与帝后的关系，不然，则梁氏之说毕竟较为顺遂可通。

"诗无达诂"，本来难懂，再加上排印有误，这就很不容易对付了。

草草奉闻，即颂撰安！

劳祖德拜上　八月八日

又：施先生来信在封函上只写"上海施绒"，虽有邮码，却无地址，故仍无法给他去信。乞便中抄示其通信处为感！

丽雅同志：

十一月号《读书》于十二日收到，幸得先睹，快何如之！子明同志持来时说：他本来有两册赠书，函来，没有字条，姑且给我一册；如我另外收到时，请把此册退他。我因见信封上是您的笔迹，已受之不疑。一面坐下来翻读，一面就把发现的错字注在书边上。我忘了还子明一句：如果他以后再收到两本样书时，请他再分我一册——因为管样书的同志总拖着不给我此刊，也许就不寄了。

我现在刚看了三之一，发现几个错字，大概别的读者也会知道应是什么、错成什么的，所以也并无更正之必要。因给您写信（关于读者来信的信，另附），就顺便记之如下：

一、页三十一，右二：礟载，前一字古怪，单刻的，自然应作礟。〔漏核（扬之水批注，下同）〕

二、又右七、右十二：李氏斋名应是木犀轩，轩误作斋。〔原稿如此〕

三、又右十：曾出使，曾下似脱"任"字。〔原稿如此〕

四、页三十四，行二：有人，人应作心。〔原稿损〕

五、页三十九，行三：奴几，几应是儿。〔原稿误〕

六、又倒二：痤疮，疑是疮痂。〔漏核〕

七、页四十一，倒二：累继，应作缧继。〔原稿误〕

八、又倒一，摩灭，应作磨灭。〔原稿误〕

九、又行十二：障道因缘，障道疑有误，总之我不懂。〔原稿如此〕

十、页四十八，行十五：殊难博得"诺诺"的喝采了。疑有脱疑，也不懂。〔原稿如此〕

十一、页四十八，倒二：仁言利博，博疑当作溥。〔原稿强调博〕

十二、页五十三，倒二：《辰星的梦》，辰星疑有误。〔原稿如此〕

十三、页五十四，行五、六：舩，不知是船字否。〔原稿如此〕

十四、页五十九，倒五：饭桶脓胞，不知启先生原文如此否，查《四角号码新字典》，作脓包。〔原稿如此〕

十五、页六十，行十：墓志铬，铬自当作铭。〔校对错〕

十六、页六十三，行十五：挚着，疑是执着。〔原稿如此〕

十七、页六十五，行十八：那般，疑是那股。〔原稿如此〕

十八、页六十六，行四：博奕，奕当作弈。又页六十九、行十五同。〔原稿如此〕

十九、又行十五：坡池，应是陂池。〔原稿如此〕

二十、又行二十一：除悲鸿，除应是徐。〔校对错〕

二十一、页六十七，行十七：绝话，话应是活。〔原稿错〕

二十二、页六十八，倒十一：刘邵，邵应作劭。〔原稿如此〕

二十三、页七十，倒五：玩华，疑。〔原稿如此〕

二十四、页七十二，倒十三：愈，应作瘉——这个字排错，使吕老接下去那句话变成无的放矢。〔漏核〕

二十五、页七十八，行六：尝台州吏，台应作召。〔原稿不清〕

二十六、页七十九，倒十：奚暇活礼义哉，活应作治。〔原稿不清〕

二十七、页九十九，右七：栋亭，应作楝亭。〔校对错〕

二十八、页一百五十三，左十一：失队，疑是失坠。〔原稿如此〕

此外，封三广告不知何以不著出版单位（页八十五《教育大辞典》亦有此失）。

专渎，即候起居！

祖德　十一月十四日

编按：校对部分句后括号内的文字，是扬之水的铅笔批注。

丽雅同志：

编辑部转给我一封读者来信，提出《庄子》与《文选》的当年旧案中施蛰存先生是否明白他的对手便是文坛巨星这么一个问题。

施蛰存先生还健在，他是能够作出权威性答复的。我则只能是猜测，或者说是一个读者的观感。我在引用黄永玉《书和回忆》一文时，同意这篇文章的看法，而这篇文章是认为施先生明白他的论战对象为谁的。

猜测的根据只能从《准风月谈》上找。首先是《推荐者的立场》中有这么一句话："丰之余先生毕竟老当益壮，足为青年人的领导者。"如果他不知道在跟谁说话，那么"老当益壮"和"青年人的领导者"岂不有点乱弹琴？《突围》中还有一句更为明显的话："（我看一本《佛本行经》……）我不免取案头的一本某先生舍金上梓的《百喻经》……"为什么特地用"某先生"这么个词呢？

《准风月谈·后记》里说："不久就又蒙一些很有'灵感'的'文学家'吹嘘，有无法隐瞒之势。"我那时还是个中学生，在宁波，从朋友处拿报纸来看，这个朋友就跟我说：《自由谈》上很多文章是鲁迅的。我们自然拿不准，却不免便一篇篇猜想捉摸起来。施先生正在上海编刊物，与黎烈文又是熟人，从这些情形看来，他明白比不明白的可能性为大。

现在写《名岂文章著》那篇品书录的时候，引用《书和回忆》是真诚怀着对黄、施两先生的敬意的。我认为应该提倡那种清醒的独立思考的精神，这是非常可贵的；而我则不免习惯地不自觉信从权威，至少这就扼杀了发展前进的契机。

读者来信附还。要不要答复和如何答复，请你们考虑。顺颂撰祺！

劳祖德上　十一月十四日

丽雅同志：

赐寄十二月号《读书》，敬谢。刚读了几篇，错字似不多，略举所见如下：

一、页五十四、行十六："金鸟"，当是金乌，指太阳（光阴）。

二、页五十五、左倒七：释文，疑是译文。

三、页六十六，右十二—十四：漏注出版者。

四、页八十，行三：文冒帝君，应是文昌帝君。

金先生的文章不太好读，颇疑这一句还有错字，疑为："蒲松龄当年［的］（给）主考官看而写的……"

五、页八十七、二—三行的几个标点似可斟酌，我意改成这样：

无法无天；危机四伏、恐怖紧张、严重刺激、令……

其中删去两个顿号是纠谬，一个逗号改分号或有助于表达文意。

六、页八十七、行五：瘓散：通常作涣散。

七、页八十七、行十六：搅混：通常作搅浑。（以上两条当是原文，不干排校之事。）

八、页八十九、倒十：还算不算症，句末夺疑问号。（这是因下有较长的括注，大约也是原文漏去的。）

九、页九十、行十三：萎萎琐琐：萎通常作猥或委。

十、页九十三、倒十二：毕节派来接应我们时，派下似当添一车或人字。（以上两条大约也是原文如此。）

十一、页九十二、倒四：……里亟力揭露……。亟字似误。如为亟字，则力字属下成词，当改"力揭露"为"力揭"，读起来才顺畅。恐怕亟力当作竭力。（常见的也写作极力，其实不妥。）

十二、页一百三十五、倒八：搏扶摇，搏字繁体，应作抟。

（此篇引旧诗有两处"余"字，均餘字的简体，似可仅简偏旁以便通解。见页一百三十三、行八，页一百三十四、行十六。）

此外，页九十五栏下的更正，与正文字体相同，稍嫌眉目不清，鄙

意可略偏右排，左侧加直行黑体更正二字。叨为老读者，故敢率渎，未必有当也。即祝

撰祺！

劳祖德上　十二月十八日

宋远兄：

你来取校样后，过了一天，我给吴彬去了一信，说要对四期上的一篇文章写些更正意见。现已写出，算来你去沪已一周，也该回来了，敬附上，想可赶得及六期的发稿。

校对工作，我并无经验。平时看书报养成一个习惯，即总要带上笔，在书边上随意签注些意见。同时也改改错字，可是错字还是常常在眼底滑过，看校样要赶时间，心中着急，就看漏得更厉害了，自然还有"力有未逮"的功底不足问题。刚才把想到的几条写了出来，芹曝之献，卑之无甚高论，鉴此秀才一片心意可耳。

即祝撰祺！

谷上　三月廿四日

一、关于标点，有些作家是很不讲究的，我见到过周作人的原稿，他只用顿号和句号两种。

可是标点有时候会影响语气，甚至造成辞不达意。多年以前我有一个印象，读李健吾的文章，是可以把标点也念出来的。

一般情形下，似乎很少用分号，更少用冒号。在逗号有好几个的长句子里，如加进分号和冒号，眉目较为清楚。前面并列的叙述用了分号，最后托出的结语之前用冒号，这在《标点符号使用法》里有过规定的，现在很少人这样用，值得提倡。

引语的最后一个标点，放在引号里面或外面，容易歧异，容易有随意性，要注意一下，特别在一篇中求得统一。

书名、篇名符号，前后要占两个字，如初校不加齐，二、三校就比较费事了。（如三期一百四十六页下端短札，文中称"二十一史一部"、"二十四史一部"，既称"一部"，似宜加书名号；以下又历数各史，均未加书名号。——律不加，倒也算"统一"了；但碰到文章较长时，极易一处加而别一处漏。）

二、外文一个"字"遇到要转行分写时，上一行末尾必须是一个完整的音节，不能随便切断一个字母便转，像我这样不懂外语的很是挠头，面对校样，无可奈何。

三、第四期一篇文章引《马氏文通》给"虚字"下定义的原文说："无解而唯以助实字者，曰虚字。"校样"实字"误排为"实学"。"学"和"字"形近，作者字体草率，更容易看错。汉字这类情形很多，"折页校"常常滑过。

四、简体字和异体字的规范化，本来有《表》可循，可是《表》又像不够用。例如这个"像"字，很多人习惯用"象"。因为"象"不是简化出来的，它是"古写"，写成"象"不算错，问题在于一篇文章中的前后统一，全本杂志中的各篇统一，这就需要自己制一份"补表"。

还有些字：

潘：潘阳，简作沈阳；墨潘，很多人却写作墨渖。

聪：左半可简，右半不简，故当写成"聪"，但人们常作"聪"。

萧和傅，当姓氏用，常被写做肖和付。

五、第三期十五页倒九行，有一个"兵连祸劫"，我看到校样作"兵连浩劫"，改了"浩"，忘掉同时改"劫"字。应作"兵连祸结"。这是一个文言辞汇。文言辞汇有些构辞规矩，四个字往往成对，一、三与二、四的词性常是一致的。兵是名词，连是动词，浩是形容词，劫是名词（劫难），这就乱套了。

六、第三期一百五十五页短札引徐树铮词曲，我不懂。调名"倒犯"很生疏，题目"赋京师鸭矣"这个"矣"字多么怪！"浪镢的"镢"字，字典里查不到。因为生调、不解，所以怀疑断句和文字可能有误，却无法动弹。譬如："鸳鸯并栖"是否可顿？"露塘"怎么会"坡浅"？"坡"会不会是错字？此篇"将出无因"的结句也很特别，揣想可能是对"儒将风流"的俏皮话，如果是，则"将"字似宜加一引号。我估计填空补缺用的短稿少，发排时或有将就版面不及细加推敲的匆促。要是确有此等情形，是否还是压一期，争取时间去北图借《视昔轩遗稿》一查，这里则用新书预告挡一挡。

七、"以致"、"加诸"也都是文言辞汇，等于"至于"、"之于"。现在常见报刊上于"致"、"诸"之下更添一"于"字，几乎成为通病，《读书》间亦不免。犯错的人多，我们不免感染。这两个字也只是一个例子。

八、第三期十三页倒二行"反而对这群热心人怀疑"中间的"而"字是我添加进去的。我看校样时，先是把"反对"当成一个辞连读，读完全句，觉得不对，重新再看一遍，才加进"而"，以免再留麻烦给读者。我们自己行文，稍不用心，也每易造成此类问题。

九、去年我写过一篇品书录，引梁实秋一节话，其中有"一饮一啄，莫非前定"一语。我后文称赏此语用了"'一饮一啄'八字"这一说法。看校样时发现"八字"被改成"四字"。当然，"一饮一啄"只有四个字，但这么四个字有何妙致呢？只因还有下面四个字这才有趣味。我只引前四字是一种省略，如要改，可把"八字"改成"两句"却不可改成"四字"。我在校改清样时，也每怀这样"恐惧"，耽〔耽〕心改错了。我看书进度慢，原因在此，但慢也仍不免错漏，此则甚为抱愧者也。

十、河南书店的广告，译本都不注明译者，我觉得不妥。一般报刊可以这样发布，《读书》则不宜，《读书》应懂得读者的心思，对刊出的广告也负责。

宋远兄：

廿三日上午送一信到对门，廿四日上午接到来信。看来我们是在差不多同一时间里写、读。这个月转眼即到末尾，一个月里没有正经读些书，也就没有写作，遂不免有点失落感。给你写信时不是交稿，就有点"徒伤悲"的样子。

这回是专答来信，因为末尾有"恫吓性"的宣告。

我能要你做些什么呢？到此刻为止，我已想了四十八个小时，实在想不出来，几乎"曳白"。写到这里，忽然灵机一动，你的年岁是我的二分之一，二十年之后，我即使依旧视息人间，大概"能动性"总已不多，而小孙犹待塑造。自从这个小娃来到人间，我常想着一件事，希望施加一点影响，让他能逐渐培育起对书的爱好，对求知的热情。《江浙藏书家史略》里有一首顾士荣的《曝书有感》诗，内两句云："世缘已渐忘，爱此犹骨肉。"我就是想灌输给他那么一种感情，而你也许有机会，有那样一种可能，接替我，在将来继续对他施加那种影响。

读书未必有成，因之也未必有用，但我以为这总是人间最好的东西，值得用最热切的感情去爱。

此外我还能要求你什么呢，而我上面这个要求，无疑是很高很大的要求了。

我实在没有给你做过一些什么，要是你觉得从我说的某句话中有些领悟，那并不是我说出了什么要义，而是你自己的悟性，叫做"歪打正着"。我以为真爱书的人，大体上不能接受"立竿见影"的观点。平时东翻西翻，不知不觉中有些沉积，某一天会忽然在一件不相干的事情上触发，于是引出一些不同于旁人的感受，这或者还够不上王静安说的"蓦然回首"，而读书意味，竟在此中。

来信所举朱自清的文章，还可补充一篇《月朦胧，鸟朦胧，帘卷海棠红》，你看这个题目！我年青时就不大醉心这些篇，我喜欢的是《背影》、《给亡妇》，鲁迅所译《与幼小者》，夏丏尊译的《少年笔耕》，上次说《假如我有一个弟弟》，也属于同一类。巴金的文字亦以"情"胜，但我稍嫌他欠蕴藉。

关于《藏书纪事诗》的文章，哪里说得上我付了"心血"，居然还"很多"！你这么说，岂非要"使我很不安"？你切不可把我当师长看，当前辈看，如果用一句时新话，以后来串门，请更加"潇洒"一些，以免引起我的"反弹"，于是要勉强装出道貌岸然的样子，字斟句酌，一唱三叹起来。

小孙并未闹肚子，只是每日黄昏从幼儿园接他出来，他一定拉我往小卖部前边绕一圈，强我买一杯冰淇淋。昨天说，他不爱吃这个，但还是非买不可，买回来果然不吃，掀开盖搁在一边。不知明天又如何，很可能要构成我的定规支出了。罪魁祸首，端属阁下！

草草。即颂撰安！

谷上　四月廿六日

宋远兄：

　　惠赐小孙书一大包，并承电话告子明兄转知，殷勤周到，拜谢拜谢！大稿阅毕，敬"奉赵"。熟不拘礼，旁批遂妄加雌黄，谅其芹曝之意可耳。此稿付排，兄宜自看校样，盖引文多，极易错讹。稿中亦有笔误处，我是查了手头书代为是正的。吴先生说"铜驼有泪，未闻能歌"，我也不知泪见于何种典籍，颇疑吴先生一时把金人、铜驼搞混了。李贺《金铜仙人辞汉歌》云："空将汉月出官门，忆君清泪如铅水。"此郑词"歌哭"上一句也，情调亦同王尔德的《安乐王子》。铜驼似只与荆棘纠缠，未闻其它。复候台祺！

谷上　五月二日

宋远足下：

一日手示奉悉，谬荷称赏，惭愧惭愧。"情趣"这个书名，张放以前来信，也说它啰嗦。我先曾拟了一个"上水船集"的名字，编辑部说，不管叫什么"集"的，都不易上市，该换一个。原名固不好，但又想不出好的，乃随意选了一个篇名凑数，并无深意，足下加以琢磨，真成郢书燕说矣。

王仁堪，我以前似闻是世襄先生祖父，一直想向他查实，但没有机缘，又踌躇不易措辞，久怀不决，今始释然。而周福清拘囚定罪一案，乃出这位知府大人之手，但周海婴谅不致视世襄为世仇也。

《国史大纲》，篇幅较大，不易卒业，暂不奉借。先假《吴宓与陈寅恪》一看。好像何处书讯中曾见另有一种《吴宓传》，不知尊藏有此种否？承关垂，并谢！复颂撰祺。

谷上　五月四日

宋远兄:

日来重读《台选》，甚感足下为购此册，写一小文，以志纪念。本来想把书上题记抄在文末，转恐惹"我的朋友胡适之"之嫌，遂不录。昨晚始写出，故不克于递交校样时面奉也。即候日佳！

谷上 十六日晨

宋远兄：

十六凌晨手书，十九中午收到，北京本埠信的流转速度，与上海来信相同。好在我们没有火烧眉毛的急事。我们是忘"年"交，倒正该应和这种"洞中岁月"。

"台选"一稿，月初就想动手，懒懒散散，没有抓紧，我是闲人，无时间的紧迫感，跟读尊稿毫无冲突。看完校样，振作一下，第二天便写出来了，发八期，够快的了。

《丛碧词》我曾有一个红印本，只化三角钱从修绠堂买来。修绠堂原址现在是隆福寺的中国书店，我那时在前院上班，中午休息，我便到修绠堂去转转。但木刻书一般定价较高，我常买的还是一些《四部丛刊》的零种。但东单小市（五十年代前期）和东安市场则较有趣味，颇得到过一些意外的欢愉，这都是前尘旧梦了。

现在开手读《吴宓与陈寅恪》，极感兴味，不过进度甚迟，看到有点节目，就想摘记到有关的书上去，如《吴芳吉诗选》、《梁实秋文选》、《陈寅恪编年事辑》、《王国维传记》等等。六期已有一篇评介，我大概还可以写一点小小心赏，承假好书，不胜感谢。

子明在胡风案中被打了一扒〔耙〕受累不小，他对舒芜尚不记恨，所以你未免言重了。对于毛，我们当年是奉若神明，如醉如痴，有他一句话，真正赴汤蹈火不辞。舒芜年龄小于我，其时或许刚三十耳，他答记者问一文很说明了一些问题的。

我常想认真读些书，只是记忆日衰，所以还是只能借以自娱，无望稍有展进了。

此候日祉。

谷上　十九晚

宋远兄：

读手书，浑不忆足下问过我《卢奇安对话录［集］》一书的事。此书我也毫无所知，但周公译书，当有可看，如果没有另一位张先生再给你电话追索，那就交给我吧。《白屋诗选》一册奉上。偶翻旧书，往往怀疑自己从前何曾看懂，因为今日重看，似乎懂得一些，但又常觉还很留下一些问题未能解决。读诗更是如此，非仅西昆之需郑笺也。苦雨翁文中多次说到他不懂诗，或者不尽是谦辞，当然他之不懂与我的不懂岂能同日而语。"温厚的人"，在我恐怕也还只能高山仰止，如果阳货貌似孔子，实在是锐进迈往之气业已销磨殆尽之故。此候撰祺。

谷上　廿一晚

宋远兄：

　　承枉驾亲致稿酬并《卢奇安对话集》，失迓为歉。书价敬附璧，谢言不备。

　　从干校回到北京，起初是排队买书，后来在历博上班，每夕过王府井，就到书店的楼上楼下转一圈，镇日枯坐，借此活动血脉，因之颇能不漏掉新书。己巳"致仕"，下半年起不复出门，自兹"不见可欲"，也就很少添加新书了。现在架上新书都已成了古旧书，其中大半没有认真读过，曾经看过的也多半已了无印象，求老天爷"假我数年以学"，很难说后事如何，此亦来日大难之一端也，恐怕还是只能浑浑噩噩过下去，惭愧惭愧！

　　顺候起居。

谷上　廿五早

宋远兄：

阁下不受书款，令我深感不安，但又未便打太极拳推拏无休，只得权且收受，“唱个肥诺”道谢了。《白屋诗》并收到，勿念。我看书甚慢，现在只看了吴学昭的一种，不免要时时翻检陈寅恪文集对照，其实也没有读好，倒是把“品书录”诌成了，且放一下看看尚须稍作修正否。寄供第八期充数，当能赶及。阁下腿勤眼快手捷，真正羡煞！《钱歌川文集》久搁在坐椅之侧，迳欲送还，又觉不甘，但如此巨帙，大约总只能稍翻翻塞责，断难通读的了。草草，问好！

谷上　六月八日

宋远兄：

当时得到"台选"，喜不自胜，即在扉页上写下了得书因缘。草此稿时也曾想把这一段题记抄在文末，也是对发行工作的一点儿牢骚。后来又觉得宋远、姜德明诸公，说起都颇有来历，还是避嫌不加扳附为好，而且这也算得是"走后门"，尽管孔乙己说过偷书不是贼，究竟还是按下不表为愈。岂意万事前定，天道不可违，到底缺了六行空白有待填满，只得照补。因事涉走后门的歪风，乃用两个罗马字母以替换宋和姜。但这个 J 字恐不免会被排印成丁字，那也管不得许多了。即颂暑祺！

谷上　六月三十日

宋远兄：

惠贶《辛亥以来藏书纪事诗未刊稿笺注》抽印本，三日拜领，申谢微忱，今始流于此笺，歉愧之至。忽忆鲁迅翁文中尝谓：想到有哪几件事要办，想好以后，最后的主意是"要赶快做"，这是因为他感到大病以后，体力日衰，大归之期似不在远的原故，然则我的拖拖拉拉是意味着还将忝颜素餐视息人间一段年月乎？

从七月底开始，干了一件活，校阅郑孝胥最后七年多的日记和他担任伪满国务总理三年间的"国务院院录"（此似仿翁同龢的《军机（内阁）日记》），是为郑氏日记的第五册。我是整理完此一日记后退休的，时在八九年一月底。那时并已校过第一、二册的清样。至今忽又三年多，又分三次校了后三册的清样，从此我就不再欠历史博物馆的债了。中华原来说准备五册清样齐后，一起付印，不知前言尚作数否？据我估算，最快恐也还要一年才能出书。定价恐怕要接近五十元（全书二千九百八十三页），也真买不起。

所谓"整理"，实际上就是我把全部日记手抄一遍。如果用毛笔，倒真是临摹此公法书的大好机会。可惜我用的是自来水笔，而且只想着不漏不错，没有在书法上用心，宝山空过，一无所获。抄毕又反覆校过，但在看第五册清样时，有些内容仍觉陌生，如读生书，天分低劣，殊为丧气。标点体例，亦未能前后一贯，点错大约难免，但愿不要太出格。只恐人名、地名、书名、曲剧折子名等等必有不少问题。

整理这部日记的工作，如能提早十年，岂不懿欤？——我在着手这项工作之后，时时萌如此念头。为什么呢？是想从这一点上绕开去，搜读日记中提到的那许多名流的文集和有关传记资料，稍稍明瞭他们之间亲疏厚薄的关系，然后或能对一些事件的是非黑白渐可酝酿出自己的判断。但其实谈何容易，历博资料室藏书亦称丰赡，只是品类甚杂，想这么集中地找资料，大约只有到北图、到社科院去才能办到吧。我羡慕丁宁能终始在图书馆工作，也与此素愿有关。但回头一想，真有了这等机遇，我的的确确能勤奋专一地搞下去吗？着实可疑。忽然明白了，我常常事过生悔，恐怕只是在为眼前当下的不努力找藉口求开脱耳。

这次看最后部分的清样工作于八月二十日完成。此前曾想为《湘行集》写千把字的小文，也因之暂时搁下；而看完清样之后，"情味"一时变不过来，半个月来只是东翻西翻，一直没有能认真看一点书，借你的新书，也就这么压在我的手上，抱歉何似！

近日大约要送《读书》十月号的清样给我了，所以此笺拟来时面交——为什么不"面谈"而费此纸笔呢？因为"仲尼栖栖，墨子遑遑"，古语云"坐席未温"，阁下则立谈便动步，坐亦不暇一坐也。

再谢嘉贶，并祝撰祺！

谷上　九月八日清晨

宋远兄：

　　承持示王勉先生批注的《事辑》，高兴极了。只是一五九页"印度赠我"以下两个字，到底未能辨认。你在书上犹有未尽过录的几条，我已另纸写出，夹入书中，其中尚有一二字可能误认，有待乙正。我在九期上稿中引此书时，误记作者的名字为蒋秉枢，可气之至。蒋先生名天枢，字秉南，被我搞混了。你来的当日写日记时，先亦写成秉枢，一想不对，再查九期的品书录，果然也错了。重读旧稿，觉得"吴学昭是在一九八七年四月'从香港《明报》月刊上……'把它们采入书中的"一句，不够明白，读者也容易给搞懵。圣陶先生、叔湘先生等前辈晓畅平易文字，真难企及。前此读九期校样未尽，这回读了新辟的专栏"文讯"，甚以为喜，郭沫若有"逢场作戏"之论，真堪玩味。忆"大跃进"时，他在《红旗》上写文章，曾提出"即使在史料学上也要超出陈寅恪来"那样的话，我草前稿时曾想起此事，而全套留着的《红旗》却已在数月前清理出来卖废纸了，遂无法查考原语加以引用，殊觉快快。人们难免不说过头话，但如果是"逢场作戏"，则其心真不可问。"读者来信"，亦大有意致，所谓"转益多师"是也。封底广告有《苏曼殊传》，乞致一册为感。兄到上海，如见《榆下杂说》（上古）、《彩色的花雨》（三联），乞代购置。黄裳先生的《惊弦集》（骆驼丛书）、《前尘梦影新录》，如偶能碰上，均乞代为买下。琐渎，谢谢！

谷　十八日

宋远兄：

廿二日接手书并复印大作两篇，未及奉答，昨夕又承杨进同志交来《苏曼殊传》，甚谢甚谢！

两作都很喜欢，稍为夸张些说，比品书之录有过之也。其实仍属于书话，差近一句话书评欤？令我钦佩的是你涉猎的广泛，而敏悟捷笔，益以勤奋，真当说前途不可限量。

《珍珠滩》这份杂志还是初次听说，我的谫陋惹人笑话。《纳谏》篇引《读通鉴论》有"岂不人拟为屈贾，代之悲愤"一语，我对后面四个字有点怀疑，从架上检出中华一九七五年版此书来查对。这部书定价 3.4 元，现在看来如同隔世。在第三册宪宗六中查到了（中华版不标条目，翻检颇费事）。买此书多年，这还是第一次用到它，而且觉得很值得读一遍，但读此书又当同时温习历史，重读《通鉴》，不免望而却步矣。

此刊编者颇善安排版面，补白补得恰好。只是照登的"来函"有一个错字（一字两见），把《列女传》印成《烈女传》，简直谬以千里。这一类错字也最容易失校，轻轻从眼底滑过。

黄裳的几种书，你不用特意去求访，只在逛书肆时顺带瞅一眼便了。我自己也觉得奇怪，我比起上班的时候看得更少了，自甘闲散，实地成了"放翁"。

此祝旅途迪吉！

谷上　九月廿五日

宋远兄：

　　"夜读"两篇，子明兄九日取来，余乃为解说此系《瞭望》专栏，同声赞叹。足下专攻明史，未悉常置案头者系何种典籍。我所存者《明史》、《纪事本末》、《明通鉴》而外，尚有《藏书》及《续》、《明季南北略》、《弇山堂别集》等数种，足下如有用，可随时来取。倪兄今日去三联，云办公室上锁，取件未得，乃别自熟人处索得第一期一册，俏丽无比云。前应安迪君嘱，草郑孝胥一稿，累累念及孟心史，今日乃写成一篇，惟字数略多，似不宜付刊《周报》（且《周报》扩版亦犹未见实现），附上或可为札记一栏充数也。草草，颂

撰祺！

谷拜　十四夜

宋远兄起居万福：

昨荷子明兄转下《世纪风铃》一册，为作者题赠之本，阁下自是系铃人，感愧交并。从篇目看来，极感兴味，只是拜读后未知能领解几许。敬以旧书一本，烦为代致，戋戋小册，正如鲁翁所笑，以冰糖壶卢答双燕图也。

安迪兄曾经迁驾枉顾，风标出尘，见之意远，诚有如《世说》所云："珠玉在侧，觉我形秽。"面订令写郑孝胥二千字，不敢抗命，兹亦以芜稿奉请代转，意其尚滞都下，而阁下恰已旋京，当能晤会。外并以小书一册请教，烦亦为代致。

日内颇想奋勉一下，为第二期写千余字，但也未敢自必能争取挤入也。

似忆《文汇报》尝有广告福州路举办古籍展销，阁下在沪，适逢时会否？得何佳椠？愿闻好音。

载谢，并候撰祺！

谷拜　十一月廿五日

宋远兄：

呈稿一件，请核定。记得曾见安迪有记梵澄之作，可是找不到了，想抄一些而不可得矣。阁下寄《文坛故旧录》给我时，附函云：草草读徐诗荃一篇，恋恋不舍。我的鼻子遂被牵了过去，《故旧录》固然先阅此篇，又翻出《星花旧影》来细读，并想读点尼采。我有本《看哪这人》，是自传的新译，却译得真不好读。还有一本猫头鹰丛书中的散文，似乎译得也不好。而心猿意马，放而不收，很难如孟实先生早早提出来的那样办："慢慢走，欣赏啊！"如何是好！阁下近读何书？安迪兄已返沪否？不知前奉一笺能赶上旌辕否。即颂

时绥！

谷拜　三十日

宋远兄：

示悉，书奉到，拜谢！

信中说腰累头痛，颇疑不仅劳累，可能感染风寒，宜一诊，早服表解之剂，当速复康健。

书价附缴，即乞照纳勿拒。语有之："亲兄弟，明算账。"所谓理该如此也。倘仍似以前退下，则也只好将原书璧回矣！

梵澄之书，我五十一二年前在四川万县买过一本《快乐的知识》。那时有一位同事调往梁山，他曾在西南联大读经济，而所好却是哲学，时有往从熊十力进修佛学之志，临别购此为赠。忽然五十载，相忘江湖，音问杳绝，不禁驰系。

即颂时绥。

谷上　十二月四日

宋远兄：

上午子明来谈：三联已从人民迁出，全部搬往永定门外，地址不详。中午接手书，忽然彷徨起来，像从前那样把复信送到对门，其将为阍者所拒乎？贴一角邮票大概不至于退回吧，那末姑且试一试。

与《读书》交谊忽逾十载，熟人不少，但可以称做"朋友"的却不多。我谬托知己，见到你尽管话不多，却有可以信口开河的痛快，即用不着先斟酌一下，到嘴边再留三分那样的顾忌，突地搬远了，真不免有点惆怅。

拙稿承如此厚待，惭愧惭愧。其余两篇，乞不要挤在一期上，可分期刊载。我很想多读些，能像冯先生那样的每期写一篇，但几年来一直办不到。现在因不出门，见新书甚少，大概又偏食，好些书勉强读完，常有甘蔗渣儿越嚼越乏味之感，而更无意谈它了。

《尚书》我有点敬畏，且从《春秋》三《传》入手如何？

谷拜　大寒前一日

宋远兄：

总之，是因为搬得远去了，竟不时有些儿离阔之感。奉手书，不啻空谷足音，跫然而喜矣。

细读《左传》，"近乎入迷"，磬折何似！二十年了，将结束干校生活之时，曾想补补课，循序读"经"，后来又打算读"通史"，终于放心难收，立即又跑起野马来了。如今已成沾泥絮，再没有什么想头。自笑也许可说得风气之先，早进入市场经济了。问我"近读何书"，言之惭愧，去冬的《新文学史料》，搁到这个月方读，先看了贾植芳篇，接着读"二十二问"，查鲁迅的日记和书信，重检茅盾《我走过的道路》和徐懋庸的《回忆录》，接来示之顷，正在看《懒寻旧梦录》的相关段落，我不是钻研什么问题，却喜欢牵丝扳藤，正所谓不为无益之事，如何遣有涯之生！

忽然想起黎元洪挽张经武的联语来：

　　为国家缔造艰难，功首罪魁，后世自有定论；

　　幸天地鉴临上下，私情公谊，此心毋负故人。

颇疑徐懋庸的"敌乎友乎，余惟自问；知我罪我，公已无言"与此略有渊源。

有一件事情颇为奇怪，一直想跟阁下闲聊聊，而不得间，恰巧写到这里，心血来潮，想起了，是问一问文汇报社里有两个陆灏吗？

大约在一个多月以前，偶然到朝阳门的特价书店（也许是隆福寺的中国〔旧〕书店）去转了转，忽然见到本《陆灏新闻作品选》，是文汇出版社出版物。书前有一帧作者相片，穿敞领的衬衫。特别说明"敞领"，因为脸壮脖子粗，极是显眼，总之是位茁壮汉子，与上次见到的"翩翩记室"迥异，十分纳闷。后来至为失悔，只为顾惜阿堵，未曾把它买回来。

顺便说一下，去年郑逸文同志返沪后，即寄赠《周报》不断，今年初已收到两期，因而没有订阅，但自一月九日之后，迄今已有六期没有收到，看来得赶快去补订，但只能从下个季度开始了。那篇《郑孝胥》，好似已刊于二月十三日的一期（是在传达室取报时翻见的），阁下如与安迪通问，望代乞此期一份为叩。

最后还要说一说中行先生的吩咐，写在最后，表示特别慎重，却也为了踌躇措辞之难。总之，我是抗命，不敢照办。我怎么配为中行先生的著作写序呢，不仅贻笑大方，简直佛头着粪了。《丛话》的序者虽也属中行先生的后辈，但他既是责编，又曾直接请益多年，序言因之写得丰满切实。张先生为吴方作序，因为有学问识见的功底，因之头头是道，引人入胜。务乞婉为陈辞，毋强所难，我委实办不到。至于《丛话》，确有写一则品书录的想望（当然不是"书评"），因为觉得难，准备重读了再说。我写品书录，实是寻求奇文共赏的知音，只怕歪嘴念经，成了城门失火，岂非罪该万死！

顺颂撰祺！

谷林　二月十六日

宋远兄：

廿五日收到上海寄下《周报》八期，自本年一月二日第四一〇号至二月二十日第四一七号全套，可是巧乎不巧？第四一五号（二月六日）扩版四张，却只寄来第二张，缺其余三张，而《郑孝胥》恰刊于此所缺之叶！不得不再烦吾兄乞补，能不鄙我"皮厚心黑"欤？（顷间子明兄来话《厚黑学》旧事，不禁活学活用，立竿见影。）二月号《读书》才看四五篇，唐振常、周劭、张中行一组三篇，读来大有兴会。唐振常书，记得存有两种，想取出一看，又翻寻不到，其文中所说《往事如烟怀逝者》一书，或系近年新出，却不曾见过，不悉邺架有此种否，甚愿假读。谢言不备，所谓熟不拘礼也。袛颂撰祺！

谷拜　二月廿六日夜

宋远兄：

　　廿二日手示于今午取报时收到，细视邮戳，则为廿七日，未悉缘何迟投。书末称，我们只是相隔一条街，"要到三月一号才迁址"，岂意"三月一号"即是翌朝！而昨晨适送一函至对街，乃逢迁址的营营，亦不卜能及时达览否。信中并无诸子百家种种宏通议论，只是再烦向安迪兄乞补赐二月六日四—五期周报缺页耳。张先生嘱序一节，十七日芜函已披衷诚，际遇明达，私心自喜，岂无攀附景仰之意乎？而绝脰之举，终难勉力，非敢张致作态也。务望曲谅而婉为陈复。设弟不自量，杂凑数百字成篇，送请代递，纵不自惭恧，而吾兄届时，必陷两难，转送显不符所望，不转又颇难为辞，实不愿足下如此尴尬也。弟稍有自知之明，故宁受方命之责，不敢轻诺而寡信。张先生厚爱，铭戴无既，他日拜读《三话》，必于品书录中写其感谢微忱。弟百无一长，只是实话实说，幸足下鉴怜！

　　《文汇报》竟有双陆灏，始悟去年见访所授名片有"安迪"两字括注之意，亦佳话也，只不知寄信至报社，有无误收误拆之疑难否。手书靓缕，读之移情，率率不及具复，即颂

撰祺，并谢烦渎。

谷拜　二月廿八夕

宋远兄：

久阔晤对，得手榍［笺］，捧读欢然。尊斋既柿发在先，楉绿于后，何故榜题颠倒而曰楉柿楼耶？窃意楉字罕见，不如改去木旁，正名为柿昏楼，音节似较谐婉。——弟既不解乐，又不懂诗，信口瞎说，聊发一笑。

沈从文作品，我常常想念的有一篇"从出土文物说到《不怕鬼故事》的注释"，曾从《光明日报》剪存，文革被抄，不可踪迹。题目也许记错了，读来信后又恍惚疑为说到的或是《红楼梦》而非何其芳新编的笔记，老糊涂的烂记性自可置之勿论，而所好适与足下同心，此所以读来书不觉欢然也。

海藏日记，既写闽俗，亦有方言，孝胥返乡，家人抱其幼侄出见，指问："谁耶？"幼侄对曰："胥家也。"窃疑闽方言读叔为家，写一笺以问王世襄先生，王先生复告果然，但谓写叔字则不当作家。

海藏日记的出版，去年订约为"一九九三年底以前"，陈锋特别说明"力求提前"，究竟如何则不得而知，博物馆两次来与我商量署名，第一次是部主任，说封面署机关名字，内叶则署某某校点，妥否？我说，理当署机关之名，不必别立个人名字。主任则又一再说不可。春节则馆、部、组三级主管偕临，说稿酬逾万，将扣税数千元，因之在已排校的序言中添写了一段，来征求意见，略云此书之筹组出版，有某某等（共约十余人，无非馆长主任之类），特别点出我的名字，说是负责点校，这样一来，这篇出版说明也就不是我所起草的了。我颇疑加进这么一段能否有助于免税，但我本以为点校此书，无关学养，我断不能借此盗名。而点校当时，既作为我的本职工作，稿费归公，亦理之正。所以采取任听所之，概不与问态度。而究竟何时出版亦不暇顾问矣。点校当时，曾摘录若干感到兴味的段落，以前一些小文中引录的片言只语，都是保存下来的一些小纸片。我不做研究工作，因之不做整套的卡片，但常常写一些小纸片夹存在相关书刊中，因之又往往想不起或找不到。

足下年力正富，"空悲切"云云太不应该，须打手心十下。记不住，其中原因之一是看书太多、太快、太杂。如此，须做卡片存档，卡片可从简，标明主题出处即可，不必大段摘录，以省时力，亦便翻检，须引用时，即可循此找原书查阅也。

一稿，本想为安迪写，不觉又写长了，只得奉于几右，之所以辞费，殆亦为稻粱谋欤？一纸已满，不尽百一，即颂撰祺！

谷上　四月九日

宋远兄：

　　顷查《辞源》"屠羊"，出《庄子·让王》，引原文云：

　　　　楚昭王失国，屠羊说走而从于昭王。昭王反国，将赏从者，及屠羊说。屠羊说曰："大王失国，说失屠羊；大王反国，说亦反屠羊；臣之爵禄已复矣，又何赏之有！"

　　曾诗大概不会有选注本，故只能自己捉摸，诗内用典似亦止此。我不再找《庄》注了，认为大意已可得。自来读书有"左图右史"之说，曾氏乃谓左勋名而右谤书，一乘一除。屠羊说既是人名，或当读作悦，此公大可佩服。梵老既引全诗，复将后二句括去，则取义不在于看透世情，而认为对照着多方观察也是有益的吧？其意甚可感。来信"微"字无误，安迪说有"微词"，大概也不至于有什么挑拨离间之意，想是激梵老再写一篇好文章的手法。我读梵老书尚感困难，略有解悟处只有向慕钦挹，足下固已信其无他，则亦大慰鄙怀。来书引梵老注《老》一节，极精当，我也不喜欢白乐天"深逾溟渤，浅喻恩慈"那般的文句。感恩图报只能是商贾之言，贸迁之道，果然算不上德业，但还该一再言之者，也是对芸芸众生说法，下德毕竟不失德，亦属可嘉。

　　日前在报上（可能是《参考消息》）看到过一篇谈巧克力的小文，有八条或十条的教导，其中一条似说美国消费巧克力越来越多，因为糖增肥而巧克力不增肥，故巧克力可吃，令郎不必忌也。（我没有细加推敲，小文也不曾剖析明白，或当吃纯巧克力，或径食可可粉而不加糖欤？）如有闲工夫，不妨检近几日报纸——上周五以前一翻，如不在《参考》，则在《文汇》或《经济日报》，因我所看只此三种也。

　　即候日祺！

　　梵老书、扇均曾请子明兄看过。

　　　　　　　　　　　　　　　　　　谷拜　四月十二日

　　校样四十六页右侧粘附一签，请一阅。

宋远兄：

廿日手札并书刊三册并奉到，《读书》一册已转子明。此期版面略有变化，有一组接排通栏的较短的文章，疑是专题讨论。故粗粗浏览了一下，不是，尚未细看。

《别集》点检了一下，缺《湘行》、《丈夫》、《雪晴》三集。《湘行》首集，先承兄假阅，似与品书录小稿同时奉缴。如邮配费事，亦不必一定求全。此套书价，拟于面晤时付还，幸足下奉公守法，照章办事。

我看沈老书甚少。只看过《月下小景》和《八骏图》两种。《月下小景》曾有人把它列入十位作家的十部代表作中，因取来一看，看后却不甚满意。《八骏图》只记得写到一位教授到海滨去度暑假，引起我大羡慕，渴望能谋取一个中学教员的职业，暑假中也旅居海滨去写文章。这都是三十年代的往事，说起来大是可笑。

品书录很乐意写，只是现在还只看过一张大字报，半篇不离历博。后一篇中有"孙、姚、王、李诸人"一语，不知为谁，想去打听一下。因子明送来几本杂志，就搁下书而先翻杂志，翻到某一篇，忽又想起某某书中曾有相关记载或类同事项，又去查找。如此瓜蔓缠夹，终日迷迷茫茫。何时能真的安下心来循序读书，实在难说。

足下亦有此病，忽然又从诸子转向唐史，特提出警告：总要抓住一根主心骨为好！

前后《汉书》和《三国志》的注解本，角角落落找了一遍，竟未找到，大概压在电视机下的大木箱中了，糟糕之至，不知何时才能振作精神去翻腾，暂时只好言而无信了。诸子我无《集成》，却有几种零本，暇日可来挑拣，因我留着真无用处也。即颂撰祺！

谷上　廿二日

　　拜红情绿意之赐，有若惊之感焉！诵手笺，始觉湘云醉卧一段描写，
全部失实。芍药飞英，岂能如落梅点寿阳公主额黄邪？有李翁不惮烦，
自编辑部探得下处，寄函诉说未接三、四月号杂志为憾，已照抄四月号
书末广告复之。然其对刊物的情意，亦足感念，用将来信转奉一阅。

　　绿窗一稿和丁公画作，如有多余的清校样，盼能检赐一份，拟备作
他时招摇撞骗之用也。此候
远公道安。

谷状　五月二十日

诵蒲桃启，想起两句话：魏晋人物，六朝文章。适翻《桄鞠录》，见冯煦集句骈叙，内有大名二字，正合录赠，文曰："含太古之希声，操雅丽之绝格。"前日去特价书店，见《廿二史劄记》一册，书品尚佳，纸颇洁白，遂以廉值收之。付款之顷，少有犹疑，归检架上，见中华版两册系王树民校证本，八三年印，价仅一元余，赫然在焉，殊怪上海书店多事复印也。兹特硬派给阁下。尊藏繁富，想亦先有此种矣，乞转赠交遊中之有闲览兴趣者为恳。如能携往滇南，则尤可夸为支援老、少、边、穷之举，岂不休哉！续奉琐掇一则。前一则忆未署名，亦用此两字可也。敬候

水公万福。

谷上　六月三日

水公：

　　滇南万里行，计至今日已十有二天，意当归来矣。行前未询归期，亦不详所事，时念念也。寄上小稿一篇，聊当一枚欢迓的鞭炮，卜一笑也。顷读《友情集》，三四天尚未看完半本，很喜欢那篇《三个女性》，用笔轻灵，如绘仙山楼阁，是未曾见到过的用诗写成的论文。《读书》六月号样本尚未见到，恐皆待阁下归来方得处置，真"里里外外一把手"也。而企盼言旋，良有由焉。敬颂

撰祺！

谷上　夏至夕

水公:

昨天上午接到信，首先注意到信封右上角邮票的"面值"，那是从外地寄来的，心里想。因为正在读《天才的通信》，无怪我琐琐米盐了。但又马上看清了盖消邮票上的戳记，分明是"北京"。回来了，自然使期待的心感到欢喜。

"所获颇丰，片言难尽"，终于是雨丝风片不露一痕。当然我并不颓丧，我没繙［翻］《云南府志》，却知道了地理沿革，还杂糅了历史掌故，（这又叫我想起"看云""摘星"来——《别集》中有所选录，却不免牵挂全书的底细。）果然博闻强识！

曾在书店里见到过文洁若写的《萧乾传》，要是张兆和也写本沈从文传就有意思了。

六月号果然脱期了，倪公发现版权页所载出版日期是"七月十日"。我也正在穿插着看，是从倪公处借来的。（倪公说，他在信架上没见到，从哪里书桌上检来了一本。）我抽阅了辛丰年以下三篇，至为欣悦，遂对倪公说，我已作批注，不归还了，反正你尚有两册赠书——但他说，那两册他犹未收到，不过也认可了我赖没，说他再去讨索。

一百二十三页上林夕引张元济十月五日致傅增湘信的标点似有误，遂查《张傅论书尺牍》，原文是断句不是新式标点，但我觉得那断句也错了。因之想写一则"闲览琐掇"。其时郑孝胥正任"内务府总理大臣"，也经手了此事，其日记中有记载。我的"琐掇"于正误之外可否补一点海藏日记中的资料进去，还斟酌未定，且待写来再说吧。与倪公谈辛丰年诸篇，他都不曾看，说只看了头上几篇。这头上几篇我倒是看过的，然而又早忘却。忽然有一闪念：把创刊号起都重繙［翻］一遍吧？然而人寿几何！

伏颂撰祺！

谷拜　廿七日午刻

水公：

昨承缄赐七月号，乃得先倪兄而快睹，以渠未去取信故也。因即知会，想今日必欣然而往矣。只是阁下过门而不入，不胜把卷怀思之渴。首展读《诗案》、《难事》两篇，阁下已加校正，甚谢！扫叶难尽，再补一二于下：

九十七页：《四月》"君子作诗"，诗当作歌。

又倒六："奸佞小人"，佞当作佞。

九十九页："兴、观、群怨"，群下当加顿号。

一〇一页行十："山陵司"，司当作使。

一三九页左侧四—三："或以官爵、地谥"，窃以为当分为四端，作"官、爵、地、谥"。

右侧十二："连远"，远当作苑。

右侧五："固坡亦有此词"。固当作因，后五字宜加引号。

此《难事》篇第一例中末句"女流亦不废"五字，我想了一会，意思也不甚明白，见面时颇愿听听阁下的解说。

前曾奉告想就六月号一百二十三页张元济十月五日一信的标点作"琐掇"，因小外孙开始放暑假，龙宫翻腾，老君的炼丹炉也推倒了，遂不能闲坐思量。此信第五行"尚有许多书呆子（京中社会）"前后均用句号，构成一个独立的判断语，亦甚难理解，直是不知所云。鄙意如省去前一个句号，便涣然冰释。只是要牵涉上一句"能不更变"的含义，即所谓"更变"是更变"主张之人"抑更变"人之主张"，殊望阁下有以教之！假观之书，久搁无期，殊非妥计，拟每次奉函即附璧一卷，俟后另立主意，非看完一书必不另翻他书也。

谷顿　十四日午

水公，拜谢！承一再布施，何以克当！前惠龙井绝佳，先一日方尽，遂得铁观音为继。以前（多年以前了）我煮红茶一杯，加柠檬一片，再掺兰姆酒一匙，据云可治伤风，似不甚效，而风味致佳。然不胜其烦。余既戒酒，兰姆亦不复见。平时花红莽绿无择，惟于龙井有偏嗜。但往往饮陈茶，以南来客辄有携赠（柜中尚积两大袋也）。

林夕文中引张元济信中一语的标点，似三种皆可通，又俱未甚安，诚足下所谓"小小的难事"。而叙述颇费口齿，不拟"琐掇"矣。存编辑部尚有四稿（孟心史、道高犹许后生闻、读黄裳跋蒹葭楼诗、余迹事事在），孟、黄两篇札记，亦琐细无甚要义，恐不甚合用，拟乞检出退下，容他日读新书有心赏者另撰品书录以奉教也。钱著四卷且暂寄，终宜归赵，不可乾没也。再拜谢！

柯　廿四日

水公：

《汉书新证》已由子明兄交来，颇怏怏。因前此奉上时说过很高兴的话，这回是把"高兴"回收了。想来阁下视我前信表达的只是套话甚或假话欤，因之写了一则"共命与长生"，已寄安迪，诉述老年情怀。我还是乐意逛逛书店，看到了也还是忍不住要买些回来，也不愿说丧气话，然而终无法在衰老前面躲逃，此诚大无可奈何之日也。"琐掇"一则，写成已十日，无甚可看。如适有补白地位，聊以充填，不然置之可也。此承起居。

谷状　八月廿四日

水公：

　　细雨崇朝，聿思故人。出门不便，写几个字吧。写好了也许不能即时送去，反正，雨总要停的，地也总会干的。

　　《清寂堂集》昨晚上读完了，总算读得一字不拉。"却笑老健忘，掩卷已不记。"刚才查了一下登记簿，我是在三月十三日收到阁下前一日交寄的，整整搁在案头八个月还饶上一天。抗战时期在重庆报纸上读到过署名山腴的诗，整理海藏日记时又想起他来，也才知道他的姓名，从前读过的诗则早已忘记了。其实我不懂诗，抓不住全篇，只能摘句。（有一个熟人，倒是会做诗的，有句云：诗未成章且积句。颇赏之。）书中有很古雅的别体字，更增加了阅读的困难，昨晚因在《香宋诗抄》上摘录此书南河泊修禊诸家题图，重读谢无量一篇，直头只能看懂五个字或十个字，全书就是这样子硬啃了一遍，实在可笑。书太厚，字太小，行间加注，正文与注释也含混，有时候想：索性书价再涨些，一定用佳纸好墨，把书装裹得真的叫人爱不释手才好。读了此翁的文，这才感到不仅是词章，确另有学养功夫，非同小可。

　　灯市口的中国书店新近翻修扩大了，三天前去过一趟，买来一部《清代碑传全集》。还是八七年的上海初版，仍依旧价，售五十八元，便宜至极。架上另有一套台湾印本，按原本影印，是个残本（全书四十四册，中缺三或四册），标价二千四百余！（阁下看我写到这里，会不会要拿起硃〔朱〕笔把上面一节里一句话划掉？）其实五六年前我就在中国书店的柜台前踌躇过，缩印成两册，毋乃太小乎？其时北京也预告影印此书，说是缩印为四册，定价似为一百五十元。我于是等待了一下，直待看到了出书，也好不了多少，遂两置之。这一次实在是抵挡不住廉价的诱惑，以为我反正有一柄放大镜能使用，于是买下了，以圆旧梦。爱书似是雅事，其实只是"好货"的某种变形，我的书不能说多，但比起我的住房来，已经太多了，比起我的阅读精力来，更加不成比例。然而不去书店便罢，到了书店每不禁捋袖下车，宛然冯妇，好"货"成性，积习难改，故夫子诫云："戒之在得"也。

敬候起居，不尽。

谷拜　十一月十五日

水公：

手教十九日奉悉，忽然便是三天了，"譬如朝露，去日苦多"，奈何不老！

我读了信，又读了水篇，以为无一俗笔。品书论史之余，写水的时候，水中似乎有那么点盐味。我在两个字下边加了红点，"儿"大约是误排，"睁"则有说。仿佛俗语里有这么个说法的："睁一只眼，闭一只眼。"似乎是北方说法，我的家乡则只说"眼开眼闭"。这是不用劲的，简直有气无力，张开了或是垂下了眼睑，统是听其自然。"睁"就叫我想起三弟翼德的圆睁环眼。

当我把信和稿重行放进函封去的时候，才发现里边还装着个信封，原来我也是张飞李逵一流！这位冯君不知何以自外于"方家"，他很可以挺身而出，为波外翁来张皇一番的。

安迪要我交待与苦雨老人的关系，我奉命惟谨，接着便得回信，说起买旧书的事，说是受你教唆，前年在琉璃厂以二十五元买了一本《三秋草》，着实吓了我一跳。我以前在摊子上买旧书，是当荒货去检的，所以图章、画框什么也一起带回来。有一次三元买了一幅小小油画（只比你送我的那个台历略大些），画了一个黑孩子的半身，头上扎红布，身上是白色套头衫。老伴的小妹很中意，六六年结婚时要了去挂在新房里，后来"革命"了，我被"抄"时此画遂得倖〔幸〕存，下咸宁时小妹又送还老伴，说当初是借用。我已先期在咸宁，只知倾家搬来，也不知究有多少硬件，多少细软，到了咸宁，反正都堆在仓库，后来换季取衣，去仓库翻腾，见到这幅画，等取了衣服出来，画却忘掉放入柜中，就这么丢失了。这是命中注定，我也从此一通百通，以往一些失之交臂的东西不再耿耿于怀，对暂有诸己之品也不怎么看重了。

这两天我在校《清宫词》，我旧存有一册线装本，比北京古籍版多廿六首，紫禁城版的选本又比北古版少卅一首，文字有出入，标点有异同，对着看颇足遣有涯之生，只不知能否凑出几百字卖给阁下。两天才校得三十首，大概校完至少还得两天。我私意尝拟阁下为醉卧芍药茵的史家大姑娘，近来自维，恐怕有点像念《太上感应篇》的二木头，徼天之幸，没有碰上如虎如狼的孙君，留得一张吃饭嘴巴平安度日，为盛世之遗民也。

地多冰棱，子明因之尚未取来样本。再过几天，《新文学史料》的第四期也该出来了——其实第三期买回后一篇犹未经眼，我也虱多不痒了。

敬颂清豫，不尽。

谷上　廿二日

水公：

昨日送一信到贵社收发室，返寓方十时，报纸刚送到尚待分拣，复迟一钟点始取报，乃赫然夹一信，启视则阁下前一夕所寄者。你来我往，报投不绝，喜可知也。其时风乍起，仿佛记得院子某处曾有刻石勒建"院"年份，乃顶风绕院一周，四顾茫茫，竟无所得，殊可叹恨。

那天说的大致谓建院与协和医院同时，用美国退回的庚子赔款，使用了若干圆明园拆除的材料，曾有若干石雕如佛像等迁置在此。当时郑振铎副部长（先是文物局长或兼文物局长）甚加爱护，时对住在后院的儿童加以告诫毋得损伤。此院先为华文学校（或谓"华语学堂"），教授旅华美国人华语，主要是使馆人员。每两室相通，为一单元，住一教师，学生即到教师住屋受教云。凡此皆得诸"故老传闻"，未考文献。那天我曾说沙博里《一个美国人在中国》中说到这个院落，昨夕找出此书翻查了一下，于五十三页查到如下记载（时在一九四八年底，北平解放前夕）：

　　华文学校有几位教师曾经是我在耶鲁大学汉语系学习时的教授——乔治·肯尼迪，噶丁勒尔·突克斯伯利。我去到华文学校，我的朋友们已经走了，所有的教师和学生也走了。只有校长亨利·范恩还留在那里，正在办理结束。我说我想租一幢西式房屋。他说我可以占有整个院落包括校园和房屋，如果我能替他们盯住点儿。我说我做不到，因为我自己的计划还未确定；不过我可以替他找个管理人，而我则盯住点儿那个管理人。事情就这么安排妥了。我找到一位匈牙利人，他接受了实际的管理任务，但不住在学校里；凤子、海伦和我搬入一幢比较老式的有暖气的三层楼房。

我揣想沙博里说的是已经拆除了的小楼，即现在院内西南角叫做高知楼那个地段，当时有三幢各自独立的三层小楼，后来茅盾、周扬、钱俊瑞、徐平羽等部一级领导人分别住过。现在院内空地少了，树砍掉了些，住房增加了，面貌已有较多改变。

沙博里书中五十七页开始的一段还说到一些"历史"，省得你另外找书费事，一并摘抄如下：

> 北京解放后的几天之内，有几个单位的代表来找我，要求我们把华文学校的房产租给他们。我让他们去同一位美国人联系，他是用洛克菲勒基金创办的北京协和医学院的行政管理人，也是华文学校校委会成员。他和一个单位签订了租约，这个单位就是后来的文化部。文化部付租金，并付给留用的老职工工资。只是到了美国从中国撤走它的外交人员，又派遣第七舰队进入台湾海峡的时候，租金才停付。（文中的"北京"，其实是一九四九年九月三十日第一届政协闭幕后公布了决议案才启用的名称。）

看来，你很有点历史癖和考据癖，那么你可以考查一下洛克菲勒基金与用庚款建立的文化教育基金有什么干系。

那天给安迪的两本小书是《汉园集》和《猛虎集》。我曾抄下版权页和目录，因为隐约动过写一点以前搜求旧书乐趣的打算，接台函后，此摘录又遍寻不获，大约我已有了些老年痴呆的症状，真是呜乎哀哉，只得摸瞎乱说一气了。《汉园集》商务出版，是文学研究会创作丛书之一种（丛书名或有误），是一种小开本绿色布面精装本，只是字体较小，不宜老眼。内收何其芳、卞之琳、李广田三人新诗，人各一辑，故那天安迪曾说去请卞为他签个名。扉页左上角有"其芳自存"四字。买此书情景历历在目。那时我的工作场所在前门外，晚回东城宿舍，过南河沿东口，在盐业银行的门廊下有一人用报纸铺地，燃一电石灯，平放着十几本书出售，我大约以四角钱得之。《猛虎集》徐志摩新诗，扉页有题赠签署：上款魏智先生，下款徐志摩三字，钢笔字写得挺拔有姿致，因谓海藏日记中有徐志摩与郑孝胥约定往观其临池的记载，有一次是与胡适两人同去观看，安迪因云海藏日记大可发掘，似颇望此书能如期印行以快先睹者。

《清宫词》已校罢，想写一"掇"，恐又须两日，又颇愁字数恐要一千，则又臭又长遂同裹脚布矣。

顺候撰祺！

谷上　廿三日

水公：

廿七日手书于当日中午奉到，当时是想去中国书店翻翻《清人别号室名索引》那部大书。因为我日常应用它已不多，所以不想买回，存在书店架上，偶有需要，跑去查一查，路不远，倒也方便，只要他们别一下子全卖掉。这回是想查一查"甸丞"。我有一册线装本《清宫词》，作者题名莋湖遗老，一直不知他是谁。北京古籍版的《清宫词》出版，共收宫词九家，其第一种作者为九钟主人，出版说明谓是吴士鉴，不误，计词八十四首，皆在我的线装本内，但我的这一种收词一百十首，文字也小有修订。北京版所据是民元初印本，修订工作第二年即完成，不知何故一直没有印行，我的那本是丁丑出书，已在作者故后三年，此书首叶钤有甸丞一印，模糊记得似姓金，疑为金禹民，结果没有查到。丁丑是"七七"抗战爆发之年，估计印数不多，流行未广，因之北京印诸家宫词没有照后出增订本收录，巴蜀印入《清代野史》的也是八十四首，紫禁城的《清宫词选》选录五十二首，也是从八十四首中选取。我很想"献宝"，把这丁丑本亮亮相，也让人知道一下吴士鉴还有一个不大为人知道的别号，如此而已。夏仁虎的宫词，北京版未收，紫禁城版选入九十八首，大概已近于全收了吧。紫禁城版排印有误，编者声明不作校勘，但我校吴士鉴词发现，他们颇多臆改。所以值得重校一下。只是手头好几本书压着要看，暂时殊顾不上它。想在十二月份能看两三本书，写两篇品书录，一篇写唐鲁孙，给《读书》；一篇写舒芜新书，给《瞭望》。（那次在宾华，临行时陈四益专诚来递一张名片，至今未尝报投，心中极感歉仄。）

上面说廿七日出门去，走到门口被传达室拦住，交给我一大包书，我只得折回去，先打开封套，如此两厚本，不觉吓了一跳。确信书中必有夹带，一翻马上翻得。"权作谢仪"，有括注，是关于谢仪的。而我对权作二字，也不免惊猜（王半山诗似云"我亦晚年专一壑，每闻车马便惊猜"，老来糊涂，容有误字）。谢仪两字，我联想到文洁若写周作人文中说过的事。文云，她去访问，化了周不少时间，耽误他著译工夫，其时周煮字为生，所谓老弱之命，悬于十指，因之谈话较久，文即酌付薪米之资。你是不是无意间受了文洁若的影响？那么我先交代一下我的经济状况。我和老伴的退休金六百元，够一家生活费。女儿和女婿收入不列入正经开支之内，每月可归入积蓄，或偶供宴遊。我略有稿费，不出门，甚少买书，都用一个信封装上，现在就有一千多元了。这便是我的景况，可说晚景欣逢盛世，实平生所未尝遭际者。而你信上所说的"打扰"，实际上更是我近岁的欢乐。我这个人不活泼，较沉闷，到北京四十年，在工作岗位上结交的朋友寥寥可数，相见以诚无所不谈的恐怕只有老倪一人。跟你，则相交之日浅，不敢贸然地说"视君如弟兄"，"托子以为命"，却又的确不同寻常。一则是合志同方，喜好相近，观点相近，水平也相近；二则因为你略似憨湘云，朴厚而豪爽，无机心，所以可谈愿谈，不管是面谈或笔。我们的谈是交谈，我说你听，你说我听，是相互授受。又是闲谈，与听雨赏月喝茶看花属于一类，所以遊目骋怀：总之，无可谢。如果一定说谢，倒是我应该说一个谢的。我在你的友善中得到一些慰藉和鼓舞，增加了一些读书写作的兴会，也就是说排除了若干衰颓的感觉。你不认为我这里说的是场面上的奉承之言，出于虚情假意吗？

孙雄在《近代名人小传》上是怎样写的，我想不起来了，《海藏日记》中似曾提起，但没有什么交涉，我以前作卡片大概也只注上别字、籍贯罢了。我没有读过他什么书，对他的印象不好，大概也是一鳞半爪那么积累起来的，《洪宪纪事诗》中当有提及，一时也查不到。我的印象是此人无大学问，出处近乎政客，如不是投靠袁世凯，殆与北洋别的军阀相结托。关于文廷式，接信后始疑某种集刊仿佛有过他的年谱，后翻了一阵，都无所得，检书目文献出版社的《中国历代年谱总录》，见有钱尊孙的《文芸阁先生年谱》及《补正》，载《同声月刊》二卷十一、十二期和三卷一期，分别出版于一九四二年十一月和一九四三年一月、三月，我有钱仲联文集几种，此谱均未辑入，那么只能到北图去找了，亦不知藏有此刊而且肯出借否。

草草奉答，不尽缱绻，顺颂撰祺！

谷上　十一月廿九日

水公：

　　昨得《读书周报》十一月二十七日一期，见尊作引瘿庵诗序一段，其中"实囊中"三字，鄙意以为当属上读。旧书太贵，但如集中觅求民元前后的遗老诗文集，数量未必甚多，或尚有可为，亦颇有意义也。《清宫词》琐掇草就，多至八百字，未知如何发落。因篇幅已逾限，故紫禁城版所选不复叙及，待他日有闲兴时再谋之。此承起居，不具。

　　　　　　　　　　　　　　　　修之上言　十二月一日

水公：

三日奉到手教，拜谢！转瞬已过三朝，殊歉。自然有点原因，是在
蒐寻"谢仪"。至今未得，只好暂且按下，先报一纸书吧。

自然是谢精美的画片，谢雅颂两章，谢溯游从之的悠悠丽水，更因
为你斟酌寻思舍弃了甜糕和鲜花这一选择。不仅因为那些太招摇，还因
为那些都消逝太快，不能长共朝夕。

此水，真如"寒塘度鹤影"，"沁梅香可嚼"。吉辛的《四季随笔》，我
是读过的，也早已忘光了，只留下些凄凉印象。普里什文的《大自然的日
历》，我好像不曾读过，却不知从哪儿得的风声，似乎太清丽。你写读史随
笔，我还有点效颦之意，只是"一部廿四史，不知从何入手"，精力顾不
上了。待得你凌波微步，而我方闭门却扫，只能西向而笑，惟有仰止了。

"宛平查礼"，我一点不知道，从不曾触摸过铜鼓书堂的一羽半缣。
从五七干校回到北京，我转业改行，转眼花甲，还有点"晚学"的勇气，
想从头读五经，可是放心难收，手挥五弦，目送飞鸿，终于废然作罢。说
两件故事给你听：我读古文是从香烟画片入手的，以前香烟多是十支装，
每盒有一张小画片，有一种天桥牌，画片是三国人物，一张曹操，翻过
背，题的是"固一世之雄也，而今安在哉！"我不知道为什么对那样的
感慨大为动心，它跟我的年岁太不相称，居然结下不解之缘。还有一种
大英牌（又叫红锡包），画片是列女故事，汉武帝对他姑姑说："如得阿
娇，当以金屋贮之。"我从父亲的烟盒子里积攒这些小画片，开始我的古
文课。后来有了"一折八扣"的标点书，我用十几个铜子儿买了《唐诗
三百首》，认真背诵"欲饮琵琶马下催"。一位同学纠正我，说是应作马
上催。我很犹疑，我觉得马下近是，待上马犹持酒不上，于是嘈嘈切切乐
声大作催着上马了，如已经上马，放缰驰骤，还有什么催的呢？这就是我
的水平，我说"相若"，是恬然卖的老面皮，你倒是"不能同意"了。

《周报》该寄到了吧，何必大惊小怪！

谷上　十二月六日

水公：

《台历》拜嘉，本拟不言谢（熟不拘礼也）而道感，亦觉辞费。不若相顾一笑，尽在不言矣。

《光明》一份奉缴，并请子明看过。子明谓，就这则报道评说，此报格调太低。

昨日下午翻箱倒箧，检出两《汉书》《三国志》补注、集解缩印本五册。乞公消纳此数种，言之经年，而四体不勤，对启闭箱箧望而生畏，几于言而无信矣。

本月四日《周报》不悉收到否。安迪有《一段公案》文，与前揭"鲁刊"压制胡风文一案，都是降龙伏虎手段，大为拜伏，已去信鼓掌，并谓"恨不能收回《道高犹许后生闻》重新写过也。"

改岁尚有十八日，要不要特别提先奉祝岁禧？此后十八日内，或尚有陈说，岂不重重迭迭？——然而那也就是"三呼"，对了，就照办。敬祝岁岁平安，事事如意！

谷上　仲冬朔日

水公：

"十三"是个碰钉子的数字，所以十三日送上的书又被碰回来了。信中煞有介事地诉说曾经告我买得《补注》、《集解》云云，纯属子虚乌有。为避免将来再发生你有我无的争执，似应每次会谈后即予笔录，以资征信。当然，签字盖章一类的手续可以蠲免。

送书来的小伙子极精神，见之令人气扬。只是我向来不善应对，未及留之少坐。等我解包读信，方懊悔不迭。《韵府》置在屋角，举手即得，如倩原人赍回，岂不大大省事？不过我在灯市口买此书，也是一次抱回家的，比之如今只要过一条街便到，谓之"曾经沧海"，良信。还可以说一说的是在王府井音像书店买《全唐诗》，那时，原营港台版图书歇业，存书廉价出售，我以七折得之。我有一个背包，大概装不下一半，其余就请书店捆成两絷［扎］，加固，两手分提，步行到家！

"好汉不提当年勇"？只因为廉颇而今虽老，犹能强饭！小外孙前夕吃鱼过量，夜间呕吐，昨日留在家中。他听说我去找赵姨，一定要偕行。过马路时，我就一手抱书，一手牵着他走，可谓大显身手！在收发室门口又碰到倪公，他说正给我带来东西，还是一包书，过马路时是小孙抱着书，我又抱着小孙回来的。到家后小家伙就向姥姥吹嘘："我给姥爷捧书！"

《韵府》印刷质量极差，我虽用放大镜亦甚苦检索矣，殆难再役，至乞留存！未尽欲言，载颂岁釐［厘］！

谷拜　十四日

水公：

　　昨日目送返室，启缄得书，惊喜逾分。或则"惊喜"两字皆不妥帖，竟不知如何写心。陶公尝云："此中有真意，欲辨已忘言。"不由得想：既然忘言，何必留此两句诗。但如真没有此两句诗，又从何处喻忘言之真意乎？于是觉得还要写几行。

　　我先赏封面，认得启先生的笔札，却认不清印文，细看了好一刻才认出来。再赏那五行浅色法书，封面果然清雅。于是检点目录，先读后记，再读序，都写得好。"蕞录"老舍文，前后贯穿，与本文又极融洽，是以为佳。（但颇疑"蕞"当作"撮"。）张先生的序，想即"三话"中文章，先听老沈说要转来一读，久盼不获，所以又曾追问过足下，足下顾左右而言他。后得"三话"稿，见目中有此篇，立即循索，复不见，有目无文，寄下的盖非全稿。今乃卒读，以候望甚久，愈益绝倒。要言不烦，神采飞动，真大手笔也。因思张先生必是属阁下为序"三话"，乃阁下弄狡诡而令鄙人献丑，深可气恼。当下重读《暄也有价》，此是三读（收到《读书》是第一遍，后草品书录小稿乃读二遍），证实序中称道不虚，我则是读第三遍（并在序言指引之下）方始领悟，甚自恨也。（七十六页有两错字，雪涛阁号、玻璃厂。）我一面这样翻前翻后，一面就有两个问题：一，如序中所言，足下于买书之后，函请作者签名，如何不能推己及人，所赐扉页竟是空白？二，子明处岂可长期保密——但我此刻先不跟他提起，俟足下送书到后再与共论短长。

　　足下前信"补缀"中注"寒塘度鹤影"，谓出自杜诗，"自己读书所见，而有点小欢喜"，此种境界，甚可赏也。记得一九四八年病中休养，偶读温庭筠诗见"玉妃唤月归海宫"，始知黄仲则绮怀十六首中"灵妃唤月将归海"一句所自，而仲则诗是否有注释本，则又茫然。而老耄颓唐，记性悟性均失，此种"小欢喜"遂亦不可复得。

谷上　十二月廿九日

远公足下：

倪公昨晚带来口信，一句话："等我的音讯办理。"知道有一封书在途中了。此刻老伴取报来，果得信。我一壁拆封，一壁想：除了动手写信，还得动脚走送才好。想到这里，抽出笺纸，不意第一句话竟是"去年的信，辗转隔岁……"！不知此刻所写的信送去时遭际又如何。

张先生曾登楷柿楼，而且似乎并不止于一次，我实在佩服。曾有过一次与张先生同赴贵社之约，却不同席，无人介见，以后懊丧不已。那么，台函传达的好讯，闻下理合忭跃了。然而不然。骏公句云："不好诣人喜客过，惯迟作答爱书来"，似亦不便借用，但其意差近。

或者与近日嚣烦有关。老伴幼妹夫妇从美国来，勾留一周；在淮南的三妹伉俪专程来相晤。至戚自然不必拘礼，并无揖让进退套数，但生活的秩序不免扰乱，胸中意绪遂亦如絮飞叶落。虽则他们下周内将先后归去，但恢复宁静则尚有待。恰巧我的小连襟是外科大夫，他一眼见到我前脖项上的黑痣，就劝我割掉，并嘱要作病理检查，此刻已在北京医院预约，下周即去切除。这自然更是小事一掌，但又无故添了一点人生的烦恼。

再赘说两句我的小姨伉俪。小姨比她大姊小十九岁。他们夫妇是七九年去国的，十五载离阔不算太久，可真如伍子胥过昭关，一夜之间，满头青丝忽然华发盈颠，顿兴无常之感。我似乎说不上有什么病，健康状况或者属于一般水平吧，但七十以还，一直有日衰之感，心情也就常若不晴不雨天气。

餐聚甚不便。首先我怕出门，因为不习地理；再则又忌饮食，不仅不喝酒，因患尿频，在外并不敢喝水。那篇所谓序，实在不像样子，岂但不敢当一个"谢"字，竟连张先生的面都有点无颜相见了。您说怎么办？

我比张先生小十岁，那么叫做未老先衰吧，只觉已有痴呆症，每天翻完报纸，就再无留下的余闲了。手边堆了一迭书，一个多月未能触手，为此也大感心烦。

　　总之，这回主见十分坚定，但累及吾兄舍"过油肉"而吃素斋（本当作豆腐，因吴谚有别解，恐涉误会，改作素斋也），则至为抱歉者也。

　　敬答。并颂时绥！

谷上　九日

远公：

追来手翰，顷已奉悉，硃批恫喝，震慑莫名，如所谓"头颅掷处红模胡"也，幸怜其老而恕之！序稿即遵嘱迳寄负翁。年前曾令为"诗词丛话"写一品书录，亦已贸然应允，而轻诺寡信，迄未能遂，如何是好！我复张先生信曰：我读书赶不上他写书的速度。生性如此，亦只得安于愚拙。

得手书时，已读完大稿两遍，也想不出有什么意见可说。签注一行，当作实例，说明我读诗词时的七上八下心情。我以前爱词甚于诗，还曾经按词调抄过一本册子（那是五十年以前的旧事了），但读词比读诗更少。又觉得诗词都一样，"瞻之在前，忽焉在后"，拿不准，不好懂，这回签注就说明这一心境：《莲花白氎经》中的要义是什么？带点儿绮丽意味的藏书印盖在贝叶之上是说明何等情怀？这样，我就只得藏拙，不敢妄下一字了。

公校改有疏漏。引词，首行或平头，或缩两字；引文，亦然。体例总宜划一。

《谈吃》一稿，昨夕誊毕，上午略作修补，即以奉寄。书一册同时璧还。其余大概不复再"品"，也许看得略快些。《艺风堂书札》我在摘录附录小传，其"生卒未详"者似有一二可从《碑传全集》查到。正文大约不能对照两版细读，但很想通读一遍初版，只于心有所疑时查看一下再版本。不知能如愿否。

海藏日记有了一部印本在手头，便于签注，颇以为快，只是真的做起来，却又无年无月。学海无边，生年有涯，也只好走到哪里算哪里了。惠然顾我，深谢！不尽，惟心鉴！

谷拜　甲戌上元

水公，拜谢！

我只订了一份《参考》，可是每天十点以后兴冲冲去收发室取报，总是象圣诞节前夜似的，猜测用小小彩色灯泡装点着的松枝上，挂着一只什么样的袜子。

今儿又盼到了，但不能不节制地来表达，盖有愧于圣人"戒之在得"的训诫。

装帧意想不到之妙。

邵荃麟的外甥是我在中学时的同学，比我低两班，那时候我只能买几本用牛皮纸做封面的廉价书，他不怎么看书，却出手大，专买装帧华丽的高价书。上海解放前调去香港，原来在浙江兴业银行任职，后来一直升任至经理，按说在香港也算一位有头面的人物了，也不知已退休否。当年买的那些好书，大概也不会带在身边，苟有倖〔幸〕存，面对今日港版书，殆亦不免相顾失色。

南星的作品，五十年代初在东安市场书巷中常常见到，那时我甚至不屑拿起来翻一翻。多谢中行先生把他从醋睡中唤起，当然，真正的光照也总是不会永久尘埋土掩的。

此期刚看了抒臆集一组好文章，末一篇虽不懂，但其为好文章则亦无疑义。对王蒙、李杭育两篇更有点偏爱。翻着杂志，忽然想撺掇你们能订一个赏格：书中错字，如经指出，每字二毛！那么，我大概每月可白得一本新书了。

谢谢沈大老板的好主意，只是偏了小号，不胜抱歉，只得将来俟机报投了。载谢，不尽，并祝得胜头回！

谷上　五月十五日

远公：

昨日揖别后，即读《辛》至饭时，甚以为乐。文中引录"乐目"一段，最感兴味。四十年前，我也曾买过一些唱片，起初因为有一盲儿，科罗连柯的《盲乐师》和纪德的《田园交响曲》又挑唆了我，所以得闲就让孩子听听乐曲。孩子的辨曲能力远胜于我，放了一遍，第二遍问他，他即能说出作者和曲名。我不解乐，而听之亦觉怡然。贝多芬的十首奏鸣曲，却是一位朋友送的。现在自然一片无存。"抄"件发还时，特地说明这些全部属于封资修，在破除之列。照说如今已是有闲之身，可以听歌拍曲，重置一些了，只是没有耐心，觉得不如看些较易领会的书刊为省力。您大概没有看出我的怠惰懒散一面，故率尔写了《绿荫旧景》，文中列举的三名汉贤，悉不记忆，今日上午化两小时查《前汉书》，还是只查到了盖宽饶和彭宣；刘宽在前汉同名共六人，"简略嗜酒"八字则各篇皆未见。写人物印象看似容易，其实比品书难得多了，"人心曲、湾湾水"，说是在写眼中之人，其实写出的乃是作者自己的胸中境界耳。辛君乐外大有文章，我很记得藤花馆中的不速之客，认为他借居状元府邸摘抄季自求日记手稿的情景便极为诱人。可是我的记性又实在糟糕，转眼之间又把他和林夕混到一起去了。

三日中午　谷上

检奉旧藏一种，或可视同清初精刻欤？

远公：

去取报，夹着两封信，一封是阁下的，一封是稚甫李老先生的。李先生是见到了于飞五期的文章，因之来托我办两件事：一、《郑孝胥日记》中应有李审言的材料，稚甫先生十二岁时曾随着父亲去海藏楼，楼主人集陶句替他写了一副小对联：少无适俗韵，生有高世名。他要我把日记中"有关先君事迹摘抄见惠"。二是缪艺风"亦系先君至交"，其日记已由北大影印出版，"定价五百元，吾买不起"，望我设法"翻阅摘其相关条目见示"。这真令我手足无措，不知如何是好。因之承示《后汉书》页次，也心烦虑乱，不暇检阅。

半农逝世，苦雨翁悼诗"海上微闻有笑声"，舒芜谓系针对鲁迅而发，我颇怀疑。鲁迅的文章很严肃，明白清楚地讲述了对刘的爱、恶——恶，是不认可、不赞同而已，并非憎恨。这要结合三十年代的时势来看，如在今日来翻"桐花芝豆室诗"，也许还会奇怪鲁迅怎么会那样生气。《瓦釜集》近年没有印过，但书目文献出版的"半农诗歌"曾予收录（书目此书甚草率，《读书》曾有批评，似为陈漱渝提出）。我在哪个小书摊找来，书上既无题识，日记中有无记载也已不能记忆。"沈讷斋"可能是个小小的代销处。（上海有一个弄堂小书店曰"方中书店"，在报上刊登小块广告，我寻到了，去买过书。从它那儿买来的书，记得也是在封四盖有很小的图章，直行楷书方中书店四字。斋或亦书店之意。）扉页上的"印"（模得极得神），究出于排印还是后来加盖的，似尚可推敲，如系前者，则装饰头花而已。

近患牙痛，天热不想去医院，明日闻有雨，则又不宜出门，只得忍一下。此候起居。

谷上　六日夜

远公：

奉还李稚甫先生十二日手书一件，乞詧［察］入。

奉上李先生廿三日手书并复印件数份，其中有陈毅致朱师辙信，系奉赠足下者，乞詧［察］存。

春风得意后，迄不闻动定，未知忙碌何事。今日晴爽，早间既复李先生信，因再写数行道念。

龙应台书两种，小的一本前日看毕，大的一本顷亦读了一半，喜不自胜！足下厌她嚷嚷，她的大书中有《北京印象》两篇，一篇曰《吵架》，一篇曰《打架》。这是否要叫阁下吃惊，我竟然喜欢吵架和打架！

可见于飞写的乃是她的眼里、心中，她写的乃是她自己。您应该喜欢何其芳，喜欢他"梦中道路的迷离"。

我其实是爱打架的，而近四十几年里竟没有被打成这个或那个，想起来总感到惭愧，觉得自己"太世故"了，太畏缩了。

谷上 廿八日

远公道鉴：

昨日不巧，枉驾乃与老伴相值于门首，遂失良晤。吴尔芙书，我买过两次《一间自己的屋子》。前一次买了文化生活版，虽是名家译品，终究读不下去，搁置了几十年。干校回京，重新置书，乃又得三联版，依旧读不终卷。《书和画像》如在书店里见到，我也忍不住要抽出来翻翻，读了刘炳善的译序，也许就买了回来，只是全书恐未必能读。承寄示，深感厚谊，且少留，待嫩凉闲适，看能否耐心领略一二。

龙君书两本奉还沈公，代为道谢是感。读得较匆忙，闷热天气，人也不免浮躁，不曾细加体味。龙君今才四十二，有火气是应该的，或竟可说是好事，不然，再过四十年，便将变成一团烂泥，再立不成个间架了。她寻隙生事，惹气吵架，是否暗中有一分慈航普度的哀矜之心？她说："关起门来做个'好'母亲，够吗？"近夫圣贤诋斥乡愿用意了。

《胡雪岩》三册，子明兄昨交来，一并奉璧。尚有《萧瑟洋场》一册留在手头，但也没有看。打算暂停一下，怕心放野了，且读些稍须用些工夫的，或可凑出些小文章，借以"生财"。今年动笔甚少，所幸用的不是毛笔，不然怕要长出绿毛来了。又恳：六月号一文的稿酬，乞代领取，但不必专诚送下，盖并不待以举炊，赐寄八月号新刊时附下可矣。

顷又接到稚甫先生一札，说到朱建华君，辞涉阁下，因亦附呈。李先生于朱君不免隔膜，于吾兄则其意拳拳，亦足感也。

顺颂时绥！

谷上　八月二日

宋远道兄：

八月十五日，历史博物馆的洪廷彦先生忽然来一电话，大是意外。他曾任陈列部主任，是范曾的主管，四人帮刚倒台时，范曾画漫画，挂大幅横幅在食堂里，要抓他的黑手，不知你那时还在历博否，但他的名字想必还记得。他是慈溪人，所以算是我的同乡。但在馆中极少接触，居然打听到了我家里的电话号码，岂非意外？他告我有一位包先生，曾任北图副馆长，刚看完《郑孝胥日记》，对整理工作很满意，有点问题想跟你谈谈，能否让他打电话给你？这自然不能拒绝，但又有点惴惴不安，一是我经不起考问，二是也怕接触生人。王安石退休后居钟山，有诗云："每闻车马便惊猜。"我对此殊有默契，虽则"惊"字稍觉分量重了些。

包先生的名字我在洪君的电话中没有听清，而第二天他果真来电话了，他自然先说了姓名，我仍然没有听明白。他说，很抱歉不能用家乡语言跟我通话，他也是宁波人，但离乡几十年了。于是说到北京接待包玉刚时，曾把他摆布一场，他不肯认这位本家，说"他姓包（用乡音念），我姓包（用普通话念）！"这两个读音，我没法学给你听，但他这么一说，自然使我大喜过望。他跟我说到日记中三个人：孟心史、盛宣怀、杨文会，后来又说了一个洪荫之。他说，用了一星期，把五本书看了一遍，须知这位先生年已八十（也许他说是"已近八十"，我是一边听一边就模胡了），看得那么快，而且看过就像全局在胸那个样子，真叫我佩服。他说孟心史此人甚可敬，从日记看来，过从也不甚多，为什么又那样亲密？他说到孟心史去龙州，说到郑孝胥不任总理后到北京首去访孟并赠款，说到孟为海藏楼诗续编写序，这几点我曾写入一篇关于孟心史的小稿，你尚有印象否？此稿未发表，却像包先生从哪里看过了似的。

盛宣怀，他说日记中涉及不多，此人不简单，很值得研究。上海出过几种盛宣怀资料，是陈旭麓整理的，整理得很好。我说，知道有这套资料，但未尝寓目。他说，值得看！盛的资料还很多，都存在上博。陈旭麓的那个小组早已解散，复旦也今非昔比了。包先生说到整理古籍工作似乎很有感慨，好像他很注意出版工作，读的也很多。

杨文会，他说跟他有渊源。他的母亲是杨的孙女，他的夫人是杨的曾孙女，我说日记中涉及杨的不多，他说不少！这可是针锋相对了。我说不多是我的善忘，或则是我的不经心，整理时未尝措意于此。而他说不少，自然是他阅读时留心了，就像你说周一良先生夹入好多纸签在书中一样。

洪荫之即洪述祖，包先生复述了郑孝胥在日记中的评论，"其人小有才，然邪辟。"谓其一语中的，简要得当。这自然是举个例子的意思，表达的可能是对郑氏的评价。看来他对这部日记很感兴趣。

因为李稚甫先生说民国十一二年他侍其先君与郑常相款接，因之我从民十起查看，现在刚看完三年。昨天看到一九八〇页，十九日日记云："赴刘崧生雅扶约。"崧生、雅扶之间无顿号。但一九七八页初七日日记有："诣羢庵晚饭，晤梅生、刘崧生、健庵、雅扶、陶庵。"则十九日顿号断不可少。而七日崧生、雅扶之后的两个顿却很可能是错加的。推想雅扶亦是刘氏，健庵、陶庵则是两人的别字。我不知道此两人（查考自亦不易）。一九八〇页二十日日记云："车中遇淮生及柯凤孙之子昌泗，号燕颐，赴济南。"此颐字或是印错，或是抄错，总之是失校；如原文如此，则是郑氏笔误，按体例应在字后加"〔舲〕"。因之，两位周先生和包先生的谬赞，我只有不安。

唐鲁孙书，先奉还四册，其中《老乡亲》看了两遍，不是因为此种特佳，而是把看过的当做未看而重看，等一路看下去不断发现铅笔的纠误，又全无记忆，觉得再翻一遍也好，这样绕了一趟冤枉路。接连看（加上重复看），也微有腻味。有些熟语，初见新鲜，等多篇中一反复，不免生厌，有时似也可发现生造杜撰。《老古董》里有一篇国子监，我把《蒲桥集》里的那篇对读一下，就觉得汪曾祺的文章要隽永多了。你留在我处的书还有一大堆，不知何日能卒业！

精神总是不振，未能做什么正经事，胡乱草此，以当觌面！

谷上　八月廿一日

编按：此信中的"包先生"，当指鲍正鹄先生，一九七二年至一九七八年任北京图书馆副馆长。

于公：

　　《槐聚诗存》似乎印得早了，还可以等几年，看来它是作为纪念品印行的。卷首钱先生自书十绝句之末"电"下"波"上一字，是"谢"字否？我准备抄一册，当然，我的字也不成模样，只备翻阅罢了。

　　今年几乎不曾动过笔。《谈吃》一稿还是年初写的。闲了半年，心思都荒芜了。校点海藏日记似乎没有几句话可说，凑不成篇。想抓紧重读一遍，一时还安排不成，仍是心思散漫之故。也许兄能写一篇，试一试如何？

　　我也许可就日记中关于严复、关于张之洞写点，是否能成篇，也难说。

　　史先生在坐谈会上说的话不足信。他引《读书周报》周劭文章，这是"拾唾余"，他不会化十来天时间一口气认真去看二百万字的。包先生的电话中也说到了史先生，他笑着说："史先生，我领教过的"！（这个惊叹号，我放在引号之外，因为是我从电话中得来的印象。）

　　李先生的脾气，给我的印象（又是印象，我倒成了印象派了）近于柳亚子。你一劝，他会马上释然，但下一次在别的事上恐怕又不免会爆发。他复印陈老总给朱师辙信特别说明给你做纪念，为何也退下了？又，李先生近信还说，见到我的信，始知丽雅是女郎，还颇带点牢骚味地说：现在的名字，叫人分不清男女。

　　　　　　　　　　　　　　　　　谷上　八月廿九日

飞兄：

月朔得手书，即想复告，忽然胡胡涂涂又过了五天，也许这是一种值得称许的养生法吧，只是"心不死"，故又时时有惶惧感。

槐聚诗有误写，如六叶第一首诗题末一字"气"，自是"氛"之误。因有此一误，不免疑及诗句中或亦有错字，只是我太不懂诗，未敢自信，只能有所存疑耳。

槐聚诗如六叶用"赠绛"标题的不多，但看来很多都是为绛而作，即此一端，便觉意味甚长。这一对，真正是天造地设，绝无仅有。卷首十绝是一楔子，"厌闻清照与明诚"，自属心声，但旁人一说便俗，他们自己，却真个"翻书赌茗相随老"，以韵语重写"饭罢坐归来堂烹茶"也。"恼煞声名缘我损"，我读杨绛论翻译那一类文章，亦正作此想。

但我究竟不懂行，岂敢品评，不过读之有欢喜心，所以仍愿用小本子抄出，这是以前徒行上下班时的习惯，小册子放在口袋里，便于取携，一边走一边翻一页，暗诵一首。路上背熟，到地头又忘个精光，但到底留下点影子，后日偶而［尔］记起，查阅方便些子罢了。

稚甫先生来信说，《李审言文集》将重印，如果我尚未买，他拟送我一部。赶紧复信告诉他，我住屋湫隘，无处堆放，这部书又非小本子，寄递也不便，且阁下已有此书，曾以见假，我再想看时，取携极便，遂谓"居近《读书》编辑部，如处春明宅子"。阁下购置三册，未免化费过多，此后乞以借代赠，如我前来告借，而兄尚未购置，竟因之专买一册借给我，书则仍归我兄所有——纵然如此，亦可使我稍觉心安耳。

北京出版社那一套谈北京的笔记，我大抵入藏，不知兄也都购置了否，像还有些话，但纸已写满，觅便再谈吧。叩谢！

　　　　　　　　　　　　　　　　　　　　　　六日　修之状

远公：

　　稚甫先生九月廿五日来信，拖延到今日上午答复。复信时再阅来信，发现信封内遗留一小片纸，上次读信竟未发现而令嘱转台从者，可谓疏略之至。下午持复函去投邮，在传达室得赐缄，遂复持归，读后喜慰。拟俟星一上午送至收发室。《读书记》审查后容当发还，仍望赐下。

　　王勉先生与戴子钦先生四十年代共事昆明，现在均在上海，"无话不谈"。——此是戴公月前来信中语，并谓王先生告其方读郑氏日记，甚可看，本想在日记中找出一些他父亲的资料，嗣乃看到了还有他祖父的资料，很高兴。我正去信向戴公探问王先生上两辈子的名讳，戴公犹未复也。

　　王先生的字迹真难辨认，不知如何排印。我本想稍加描画，后思主编未审，不宜卤莽，但仍忍不住将几个错漏字用铅笔签注了，不知有问题否。

　　　　　　　　　　　　　　　　谷上　十月廿九日晚

远公：

罗庸的一本小书，昨上午白化两小时，没找到。晚上想了想，居然很轻巧地检出来了。灯下翻了翻，不明白什么缘故，它居然留下在不多的几本旧书之中。此书或略近于梁漱溟的《朝话》，但不那么干枯，然与《关于美国兵》等等，自然大异其趣。封底略历，也浑忘何时并从什么地方抄下来的了。真希望有一位西南联大出来的旧人，能诉说"一夕话"，于夜雨淅沥中听之。

俞平伯的《燕知草》两册，足下见过初版线装本否？又，《周作人书信》不知岳麓或上海书店曾否印过，后半本致平伯、废名、启无信甚有味，可惜不能增益，不然由脉望印行，真是太好了。顺候撰祺！

谷拜　十五晨

水兄足下：

昨天下午去北京医院取药，来回步行一小时，走在路上倒也觉得蛮有精神，但回到屋中在西窗下一坐下，就真不想动弹了。这种时刻，每有老大的伤悲，这大概是你目前还体会不到的。将来呢，由于你像是一向起居于"秋爽斋"，放得开或者叫放得下，也许也不会进入这般境界吧，真可羡慕，谓之"仰之弥高"亦不过分。为什么忽然把你牵进来了呢？因为刚进大门时被收发室叫住，递给我一个大封袋，我是带着这一邮件落座的。于是启封，读你的短柬。是的，很短，而且我去信中还有问讯的话未作答复。不满足？当然不是。大欢喜？更不是。我们常把欢喜和快乐等同，仿佛该开口大笑了。我只是默坐着，也没有在小茶盅里注热水，手中掂着《纪德的态度》。这本小书却大有分量。我没有读，不知道我自己是否会喜欢它，但是前一天，我在服务部已见到过它。当时把它抽出架来，踌躇了好一阵，仍旧插回去了。我只愁读不过来，我自己买的，还有借了你一大摞的，什么时候读它们，而且是很认真地读呢？——我还是说一些别的吧，不要一个劲儿讲丧气话了。

我喜欢纪德的精致，可是也许是翻译的精致呢，谁知道。纪德的几本书我读了也发懵，可是我依旧喜欢。我在重庆买了土纸本《伪币制造者》，那是桂林版，土纸中的上乘。四六年带到上海，我猜想洋纸本马上会出来，于是慷慨地持赠一位卧病的老友了。后来一直寻求不得，迟至八十年代才买到，竟然牵肠挂肚四十载！现在且把话头再转到《书和画像》。我用一整天，看了二十页，也就是《蒙田》那一篇。来回读了三遍，不敢说每一句都已读懂，但毕竟被它牵引住了。我找出湖南版的《蒙田随笔》来，前面大半本是梁宗岱译的。我在三十年代曾从县的图书馆里借来读过，那时觉得平淡无味。前几年买了湖南新印本，依然读不进去，翻翻就放下了。现在读了吴尔夫夫人的文章再看蒙田，几乎有焕然一新之感。我想接下去先看《德·昆西》，因为《瘾君子自述》也在手头。可是这么一来，这本书又尽够我忙的了。

且说这时候我才发现它的责编是赵永晖（我是查阅出版日期和印数才发现），而这个名字乃是读《负暄三话》才知道的。（《三话》，也还只看了大约三之一，如果那一日发奋想写品书录，自然还得从头看起。）子明昨日跟我说《是几时，……》，他原以为这篇是谈词曲的。我问他知道作者宋远为谁，他说：不知道。你看，这不有点儿神出鬼没的味道吗？

　　纪德一书未署责编，为什么？是否亦出于赵公纤手？

　　自看校样，理所该然，"万无一失"，大约靠不住，要不，就没有"扫叶"一说了。你说"按劳付酬"，会不会惹人暗笑"见钱眼开"呢？似乎还以不争为宜。"格外显得薄"，这也无可奈何，看校样时再往里"补"，恐怕太惹人厌，责编和印刷厂就要大发雷霆了。

　　补一句"未作答复"的前讯，大约可以代答曰：没有。范用旧藏此书上册，因是旧书，书签已损，缺"上"字，误以为全。及见我并有下册，乃大奇。此书即使近年有人重印，亦决无本来面目，故可留作清玩。原拟随此函奉上，一翻，发现两则小资料想用一下，只得暂扣数日矣。

　　足下时时关怀，相待殷切，七十后缔交，弥增桑下三宿之惧。

　　敬候撰祺。

谷上　十一月十九日

远兄：

　　承两次嘱我翻箧倒箱，我很犹豫。一则觉得清理不出什么像样东西来了；再则是懒散，鼓不起劲。一九四八年曾害一场大病，躺在床上，要吐一口痰，侧转脑袋的劲都没有；可是那当儿却一点未曾消失生的意志。现在却大不一样，稍有不适，就想到恐怕要长行了。八八年底印成第一本书，接受赠书的朋辈已有三人作古，其中一位您大概熟识，是陶膺的爱人韩中民。其余两位也是老朋友，比较亲密的。现在能印第二本书，主要仗您的力，可是联想到这几位故人，真所谓悲欣交集。不甘心说这次是印最后一本书，但无疑此后的步履艰难。因之发发狠，三天来大战一场，连抄带剪，找出十四篇，约得两万字，是前交稿的二成，可谓大出意表。敬奉上，对责编和经手交印的霍兄（？），添不少麻烦，至歉！前次初校稿中《牙签与暮齿》的附记，乞代删去，因此次已补成《喝苦茶和嚼杨木》。（这还有一个原因，因为我怀疑金先生所引义净文句可能有一个错字，极想避开它。）而页码因之又须改动，各篇排列次序或者还须斟酌，目录页也得重排，这些都使我感到不安，而补稿必然如此，当初未敢接受劝告亦缘想到了这些也。现在已有点儿人仰马翻的样子，或者还有一点一滴，决定不再作悉索敝赋之想。以后先得用两天时间看报，用三天时间复信，然后准备接受二校任务，大约看书作新稿都是明年的事情了。对您，不说谢谢了，说了就未免太生分。敬祝
康强！

谷拜　八日夜

远兄：

昨天接到戴子钦先生来信，有如下一节，遵嘱抄告：

与王勉兄通了个电话，他说，他那评介海藏日记的文章，发现在论述郑与严复的往来关系处，有误漏。你整理了严复日记，也许你在看到他那文章时，会将此误漏改正。为此误漏，他曾函《读书》要求寄回原稿重写。回答说，此文已定明年二月号刊出，不予寄回了。因此，他在写一封补正那误漏的信。如果你未替《读书》作改正，那么，烦你向编者提说一句，言明作者自认文章有错，恳请照他的来信加以修改。

很是抱歉，你收到鲲西此稿曾转我看过，文中关于严复的事是怎样论述的，现在已毫无印象，当时读稿也毫未察觉。作者既如此认真，如信能即时寄到，看校样时当可照改；如果赶不及，我想，在三月号再刊来信似也无妨。岁阑，敬颂年禧！

谷上　九四、十二、廿六

远公：

编辑部诸公逐一签名的贺卡于六日拜领，设计极别致，我连同信封保存着，因为也非常喜欢这枚信封的风格。无以为报，所以不循俗礼返谢，还望吾兄代乞诸公包涵。十二日又奉尊片，百忙中仍劳念，感不可言，亟思捉手把袂，乃拂笺略表微忱，而迟期忽已三日。如何如何！

元月号杂志先期收到，有一失误，想已詧〔察〕及。我还只看了两三篇。反复找张先生文不得，不明何故列诸封面要目中。

职称已批下否？念念。送审一书是否发还，尤为牵记！

兄前贶朱建华君奉惠的名茶一大条，一直留着不舍得喝，自然也由于所存陈茶尚未喝光。适小婿有公差，临发，拆出一包供其途中饮用。归来，乃询余亦曾饮用否。悟其言外之意，复取一撮试泡，大出意表，盖在似茶非茶之间，色香味皆居等外，实属伪劣极品。朱君与兄非泛交，故特奉闻，便中宜告朱君，不可再于此肆购货上当。

《对照集》前曾奉告万弗张罗，兄置若罔闻，岂有此理之至！我安敢忘攀蔡公，但小女实不能读父书。我藏书并不丰，而没有看过的是大部分，余年已不及遍观，也就是说渐近散书之候了。偶过书店，见猎动心，辄携一二册归来，及插架，不觉笑叹，贪得无餍，结习难改！吾兄不仅不与人为善，乃从而助长之，如何是好？

畏寒久不出门。五日偶去北京医院取药，归来中夕即感喉头不适，服药已十日，今犹鼻塞也。

谷拜 元月十五夜

远公：

清理座侧一摞乱堆着的杂书，得高阳《萧瑟洋场》，不由得拍了一下自己的脑袋。我一直以为足下的《胡雪岩大传》，中间缺了一本，每至书店，常常留意一下，颇欲代为补全，而迄未见单独零售此种者。真可谓"愚而好自用"了。

唐鲁孙书，一并附还两册，尚余三种。

《知堂回想录》中所说书信，香港有影印本，曰《周曹通信集》。鲍耀明也有一种影印本，好像叫做《周作人晚年书信一百封》。两书曾承范用假阅，已是十几年以前的事，现在想觅取，殆非易事，自然，我如今也没那种渴求的热心了。

今早去北京医院，在穿行东单公园时，见到一堆堆跳舞、练功的男男女女，不觉精神一振，又甚伤不能身体力行也。

二十日 谷上

远公：

示悉，"黄秋岳"一文的复印件，今日当遵命转寄安迪，我从子明处假阅《文汇》《青年》两报，故此文先得寓目，并迳从报上裁下，夹存于《花随人圣盦摭忆》之中，因子明不留报也。《摭忆》似亦出于复印，讹文极多，恨不能校正重印，但书末附一索引，则差满人意。子明因是出版署的顾问，得免费选订报刊各若干份，他以前订过《光明》《人民》，均无可观，今年改订《青年》，似大胜于《人民》也。

《杂写》中流沙河的一篇、萧乾两篇，均不无违碍，今仅抽去梁漱溟一篇，可谓宽厚之至。此书能够印成，全赖鼎力，感荷无极。自觉衰颓日甚，此后大概只能写一些琐掇聊供补白，亦不能多，也不会再印什么小册了。

宏图先生学养是高的，他在读书上一直只写些补白小品，大抵可与燕啄春泥相颉颃。佐良先生的文字我也是很喜欢的，不久前刚从人民服务部买来《并非舞文弄墨》，犹未展读，遽闻噩耗，哲人其萎，哀挽咸同。我忽然想起在重庆参加李闻追悼会见到黄炎培的集句挽联来，下联用曹丕"既伤逝者，行自念也"的话，当日时甚赏其用典的妥帖，而此刻想起来，自然感情又很不一样了。

近又得亡友留赠的《知堂回想录》《谈虎集》《永日集》《知堂杂诗抄》，此四种我原来都有旧藏，不知足下亦已入藏否，颇欲以一份分与远公也。又，唐鲁孙书已看完七册半，其谈掌故的实较谈吃的为可读，拟并《票趣》等两种先行奉缴，又恐大包太招摇，且俟何日过我时面壁。

缕缕不尽，敬候起居，拜贺亥年大吉！

谷上　一月廿七日晨

远公：

　　除夕捧接惠书，恍若东山月上，南阜风来，潇然有散发涤襟之快。急急展读，不禁目眙，变于肘腋，大出意表。"先别忙于拒绝"，这是你对我的明澈了解的表白；我自然立刻想起上次不肯写序的旧案来，想起复书中"不写就不写吧"的缕缕哀怨来。自然不待我解释，你一定明白那并非由于我狷介，或者目迢飞鸿，别有驰骤之志。那么我还能说些什么呢？

　　我要说的或者也正是"多余的话"。如果不说感激，也当说至为感动。你的建议和劝诱（包括以前动员我写序）显然化生于惜老怜穷的慈悲中怀。你警觉到油盏中一茎灯草在渐渐黯淡，想拨亮它，鼓励它再振作一番。但这委实太困难了，确确实实没有可能了。

　　我生平的第一个愿望是去当一名中学教师，去教一班从十四五岁到二十来岁的小青年，我自己曾是那样的一个小青年，在人海中茫茫漂浮，忽地攀附到一块舢板，也就是我在高中三学年里受教的一位国文老师。他想帮我升学，力有未逮，没有成功，但我的感受周遭世界的目光和情愫却从此起了变化。我有什么可以教导年青人的呢，我不过自信对他们的寂寞孤零能够有灵敏的触觉，想及时地给予些儿抚慰罢了。

　　我以后的生涯一直不甚称心，却又可说一路顺遂，总之受到呵护，受到恩德。怎样报谢呢，只剩歉仄。现在当然愈益无奈了。

　　张中行先生长我十岁。《孟子》里有"为长者折枝"的话，但如果我们相将登山，倒恐怕是他来拉我一把了。这只得委为飘茵坠溷的凤因了。总之，是从头开始去钻研任何课题的精力，一点不剩了。我坐关，并非修持，只是体味清风明月的晖光，然后以我的存在借以做一个那份晖光的小小佐证，或可让孤零寂寞的心略略领受点温慰罢了。

　　昨天就想作此信，却又想抢看积存十天的报纸，正所谓顾此失彼。报纸怎么会积下十天的呢，则是因为先看第一期《随笔》又翻了翻《读书》，结果昨天一整天只看了三天积报——却又新积下一天了。狼狈可掬。诸惟心鉴，伏颂百益！

谷拜　初二日

旧书十二册共十种，略加题记，奉纳邺架，不审与梦中所见，薄有相似否。书咸敝败，惟望雅量涵容，庶朽者案头，稍得宽闲，俾位置茗瓯药椀［碗］也。回首五十年前，蹀躞往还，寻寻觅觅，宛若隔世。设有复本，祈酌注识语，散诸所稔，倘遇知赏，聊当白水煮豆少著微盐可耳。

远公足下。

乙亥元宵前二日　修之拜上

远兄：

金永炎的名字听见过，事迹则不详。北伐战争史记一书也没有见过，从书名看来，不像是三十年代以后的出版物。查阅《辛亥以后十七年职官年表》，书末"人名录"载：

金永炎，字晓峰，湖北省黄陂县人。炎威将军，陆军部次长、总长。

但在"陆军部"表中，却只见他任次长（没有任过总长），任期很短：

一九二二年五月二日（继韩麟春）任；
一九二三年七月六日免（由参事王坦兼代）

他任陆军次长时，总长为鲍贵卿，一九二二年五月六日起即由张绍曾代总长（其间曾任吴佩孚，但未就）。那时候的总统为徐世昌，一九二二年六月十一起为黎元洪，一九二三年六月十四日起为高凌霨。

总理为周自齐，一九二二年六月十一起改颜惠庆，七月三十一日起系王宠惠，十一月二十九起汪大燮，十二月十一起王正廷，一九二三年一月四日起张绍曾，六月十四日起高凌霨。

民国史一团糟，要理清眉目大不易。

这一段时间里，先是看了一阵高阳，接着又看唐鲁孙，都略近消闲。以后大概还是要认真些读些书，找机会动动笔，不为别的，只想防止突发老年痴呆症而已。关爱至感，不宣。

谷上

远公几右：

初九奉除夕书（不知还能用"手教"、"华翰"那等字样否），也辨认了邮戳的日期，正在窃叹邮局虽然照常开门，却并未照例开启邮筒，及续奉十九日教言，始明原委。本来正在发奋著书，现在觉得还是复信要紧。因为文章是做出来的，书信则是"泻"出来的——不塞不止也。

我念念不忘烟画，是记得在念小学一年级时一位打钟的老人。此翁卧室是扶梯下边的一间"斜屋"，小而黑，却收拾得十分整洁。他榻前置一条凳，上面有一纸板箱。那一天，我忽然跟老翁进屋，又自行打开纸板箱，只见整齐有序地放着一大撂烟画。他看到秘密被揭，张开没牙的嘴，嘿嘿大笑，笑得抹了眼泪，还说：拿去吧，拿去吧！

得复印件，从壁龛里检出翁氏那本小书，"烟画"是第一篇。这本小书倒是买来就看过的，现在当然一字不记，甚至看到此篇题目先便愣了一下。只有一个印象，是此书稍嫌枯淡，略少情趣，来件也就可以不俟重阅立即奉璧了。

《读书记》承补题见赐，叩谢！引首一印当是梼柿楼，但第一字颇不易辨认。公所用印泥嫌油重，宜多加搅拌。二十年前曾想买盒好印泥，去问价，说每两百六十元。问：能买半两否？主者有难色，颢颢曰：一两也就只有一丁点。遂已。后来外舅的两盒印泥都归我有，但我也不暇侍弄，久置亦均败坏，并懒得在藏书上盖印，几颗闲章更无所用——而且五年来已甚少买书矣。

这回倒是买了几本书。去灯市口看看，有几部售原价的书，觉得便宜，就买回来了。（这真未免市侩气！）一部《清史列传》（因《读书记》中述及），一、二两卷《翁同龢日记》——两书旧藏有线装本，亦不忆何时丢失，其实重新买来，恐依旧徒供插架。昨天又买了《李东阳集》第二卷，因《读书记》引《四友斋丛说》"刘瑾擅国日"一段，忽地情不能已，其第一卷蓄之多年，其实未寓目也。"假我数年以学"，未可知也，呜呼！

外舅昔年问我所好，我乃从《论语》、《世说》，直诉到狄更斯、乞可夫。外舅诧曰：有这等读书法！我虽深为惭愧而不能改，盖意不在为学，以为聊胜博弈耳。公在编辑岗位，殆又不得不尔，不能谓之与仆同病。《读书记》前赐一册并奉缴。文中误植文字，曾略有签注，其实皆未经查考，或不免以正为误而妄作签注者，不可轻从。

前函说安迪去意已坚不能挠，为之怅怅。却也稍有轻松感，因为从此鄙人亦遂与"书人茶话"绝缘，苟不自此日即行搁笔，则以后便将嫁与"读书"，从一而终矣。

开头说到发奋著书，是在为《唐鲁孙谈吃》瞎操心，五册书先只看了两种，后来因《谈吃》最薄，主题又专一，以为诌几句也许比较省力，但又嫌此公为文不免轻浮，腔调近乎油，盖多趣而少情，反复斟酌，总不能切入，两天只凑得四百字，写之甚艰，故云发奋。小捣乱明日归来，故尤觉足成无期矣。稍稍考查，书中所述恐亦未尽可信，即如唐鲁孙的家世，夏元瑜说他的伯祖志锐号仲鲁（岂有伯而仲哉）固然错了，而高阳说志锐、志钧为长善两子，也错了。《碑传集》收志将军传，谓长善之弟长敬有四子，其二则铣与钧也，——当然我也不必来为之辨正。昨读《文汇报》十七日"笔会"所载龙应台文，真为之移情矣。唐鲁孙当然不与龙应台同科，但文章不妨各有派别，而我总是把有情放在第一位，说理也当有情，所谓法律不出乎人情也。

我的父亲是绍兴人。他幼失所怙，有舅父在道台衙门任刀笔，将他挈至宁波，问他习艺从业有何打算。父亲说，谚云：走遍天下，不如宁波江厦——愿到江厦当学徒。"江厦"是宁波的一条街，我懂事后，曾专诚去踏勘过，是一条钱庄业荟萃的街道，但父亲没有进钱庄习艺，却进了当铺学徒。小时候曾见有人来家里找父亲鉴定珠宝，他拈起一块宝石，手心掂了掂，能道出是几钱几分。但他识字不多，家里那时候只有两本多一点书，一本是《玉梨魂》，一本是"华生曰"开头的《香烟奇案》，"多一点"是《三国志演义》的残卷，包含刘备入赘东吴前后大约三四回的一卷。这使我的童年非常寂寞。甚至如今我还偶而要想起那时候的寂寞感到些许悲怆，不知如何排遣。我不知道祖父的名字，也没有去过绍兴，我的家世只能从父亲讲起。

上水船没有什么深意，孩子出生报户口，少不了要阿狗阿猫有一称呼，当时我随便拟此三字。后来编辑部反馈云：叫某某集的书都不好销，所以书店不欢迎，请改；遂检一篇名易作书名。如再有机缘，仍当援前例选一篇名为名，较省事也。现在看来，"情趣·知识·襟怀"，仿佛出自余心言的口吻，此所以该书据说重行征订回来，订数不见减少，而同时重行征订的几种，则均大幅度削减云。

絮叨不已，得上紧塞住了，只补上一句：阁下能了然于对街的步履，鄙人则茫然于目睫之前缘，此所以为老惫也。即颂曼福！

谷拜　二月二十日

周末下午应放假，待明日送去。

远公：

　　昨承手札，邮资二十分，何浪费吝步至此！展卷呕觅二月号《读书》，此开篇首章竟犹未寓目也。上午乃信笔批记一过，幸恕唐突！敬候起居。

廿三日　谷上

远公：

　　送上琐掇一则，又是郑孝胥，好像我要搂着此老度日了。刚刚收到《周报》，似乎阁下要为《百话》写上一百篇探索，漪欤盛哉！昨天还另写了一篇琐掇，嫌长（约千五六百字），所以拟抄寄安迪，然不能与"百话"争胜则断然无疑。

　　忽然想起"凌霄一士随笔"。徐一士两种，北京两家出版社都重印了。凌霄阁主的，则无人问津，似可收入脉望丛书，反正我甚愿得之一读。

谷上　廿六午刻

远公：

上海有一老友，久不通问，年初写一信去，得复云：《读书》中时时不见姓名，甚为忐忑。岂意我的小小补白，不但只是抢占地盘，争名夺利，故旧更从之问死生、卜休咎，则真将与刊物同命比翼矣。

"掇"一则，题目冷，字数多，踌躇久之。不知用两页的下半版能挤入否。又是郑孝胥，我真像要吃这个老家伙一辈子似的了。

奉还唐书一本，此公之文亦时有小报油滑气，令人厌烦。此册中名片谈往"傅沅叔先生说"以下一段和其后两节，则为正经史传中所不易见，由别的老宿下笔，挥洒如意，恐亦难及，故不惜破费工夫，还要把剩下的两本读下去。虽则功夫不免白费，因为看过顷刻忘净，极难留住影迹。

在东四书店看到华侨新出一套"中国现代作家自述文丛"，买了两本回来。有一册钱歌川的《苦瓜散人自传》，犹预［豫］了一下，未买。回来即查假公之"文集"，于卷四得之。遂重新把全集的篇目翻检一过，则似宜一并辑入的文章实有多篇。此文丛主编为陈漱渝、刘天华，陈是老行家了，而此编似颇草草，我买回的《林语堂自传》，无译者，亦不注明辑自何书。我没买的《忆》，系《巴金自述》的短篇辑本，除同样未注来源外，书前并目录亦无。且巴金另有《巴金自传》一种，我在五十多年前读过，计四章，巴金自序中说，每一章换一种写法，虽已记不清楚，当是经意之作，不知为何忽略。草草，即候起居。

谷拜　廿七日

远公：

昨呈琐掇一稿，首段末句以海藏日记勘正《成多禄集》诗注之勘字，误写为戡，偶然忆得，敬渎乞为之削正是荷。即颂

撰祺。

三月一日　谷上

远公：

　　辛先生"横宽纵窄"一语，可以写入《诗品》，精警之至。你们当家的所谓"散乱"，其实亦是此意。我陆续读《脂麻通鉴》时，对其中一两篇，读时曾引起过一点闪念：写书话，是不是宜把视线收紧些，引例最好"攻其一点，不及其余"，因为不是写导读，或曰学术性的评论，随笔小品拿一本书来做引子，这是借他人酒杯，触发自己的郁结，引例一多，放心难收，不免"缺少景深"。读来稿，自然想起你跟我讲过的那个计划，我想，这篇大概是引子，是发凡，或者竟是大序，那么，这般写来未尝不可以，你的"中心思想"在这里只是稍稍点到，以下将逐渐展现掘进。时世装不断翻新，名模只是衣饰的架子，氓之蚩蚩，写下去将有无穷感慨，一片哀矜之意。你说过"辞典"，我读此篇，觉得真需要这么本查考用的工具书。"丁香色、潞绸、雁啣芦花样、对衿袄儿"，真正"雕缋满眼"，目迷七宝。丁香色究竟近茄紫还是近藕白？潞绸［绸］与绢丝纺异同如何？这个花样是整幅的抑是细碎纹样？对衿是否意味着某种身份？我完全分辨不清，眼前就立不起一个实体。但是，如果这篇倘不是"大序"，只当做雁行的一翼，我首先担忧的是其它篇章如何着笔？只怕很快就会辞穷力竭，越写越没劲了。

　　未曾意想到我这里的收发室竟是如此唠叨。也许整日厮守在那么一间冷屋里太寂寞了吧，谁知道倘若命中注定把我派在那个岗位上，也许比他更像"老厌物"呢？

　　海藏日记还有四部在手头并未发送。我试为"一百本"列名单，至今排出六十名，岂能一网尽揽"知交"！倒是有个叫谭宗远的，首先在《人民日报》上写了一篇短文谈"情趣·知识·襟怀"，远公博闻君子，亦知此君下落否？

三月四日　谷拜

远公：

　　唐鲁孙全书十二册，总算看完了。曾就《谈吃》写过一则小品，刊于九四年六期，忘记何时属稿，至少假兄整一年了吧。谨奉还最后两本。其中《天下味》是周六晚饭时分翻完的，那晚上吃饺子，我把书搁在饭桌上，走开去灌开水，女儿冒失，倒醋时泼在碟子外边，把书叶溅污数处，歉仄之至。记得见到全书时，先曾翻检一遍目录，其记梁鼎芬、袁寒云、还珠楼主以及我的床头书等篇，当下就读了一过，后来读全书时又重读，所以颇有些不止只读一遍的篇什。可惜全书读完，依旧一字不记，悉数忘光。现在的印象是，内容大概包括三类：饮馔、京剧、晚清民初逸闻，而其中佳胜处，要在掌故，如《天下味》记宫中令节与平时衣着的不同，何时梳两把头，何时梳旗髻之类，在别处恐极难见到。书的开本和厚薄亦甚可喜。我们现在总是印大厚本，《故国情》如在大陆，断不会分成上下两册。我虽已废卧读，但想坐得舒适一些，还当"把卷"，对大厚本遂有不胜负荷之叹。全书辑集时没有加工，把报刊随时刊发不免重复的章节作一番删汰，亦是一病，连同反复袭用的熟语套话，增人腻烦之感。至于错字特别是标点的失误，真所谓连篇累牍，这是出版社对作者的不尊重，作者自己当然也不能推卸责任。看此书时没有查字典，但颇疑有些是作者自己写错(包括某些辞组的杜撰)。昨天找出足下四大本的《钱歌川文集》，准备看《苦瓜散人自述》以及集中其他自叙文(四卷中印有《四十年教学生涯》、《回梦六十年》等十来篇)，这就不免要"手重"一时了。此颂

撰祺。

谷拜　三月十三日

远公：

　　自五日起读留稿，读了四天半，加了一个夜班，十日读毕（八日那一天干杂事，中辍一天。）用你的话，一边读，一边是无任"惶愧"。你议论到的书，我也买了，徒供插架，而且还将插下去。有的读了，"学而不思则罔"！现在更不用说了，大约读的时候就不很用心，于是书卷合拢，便白茫茫剩下一片干净土。（其实不自"现在"始，二十年前就曾经想请人刻一颗闲章，曰"一过便休"，没有机遇，未曾刻成。不过纵使刻成而且盖在书叶上，这些书也都不存了。）

　　读《济济辟王》的时候，特别震动。我在初中时的国文老师为人书联，常用"善亦懒为何况恶"一语，这回方知所从出。《世说》是我素爱的书，闲时常拿来翻翻。看来我就是那样子随便翻翻，而讫未综览全书，却自以为满足了。

　　手头居然留着一张剪报，也没有注明报名和日期。想起来似乎是在一九四八年上海，那么也许是《新民晚报》吧。拿来与《脂麻通鉴》一对照，它是何等纤弱单薄！

　　读稿的时候，曾就引文查过一些书，校补了几个字。有的地方，不知藏拙，好为人师，迳改了几个字或签注了点滴意见，未必得当，请复阅订定。

　　印成后，当再细读，是不是能写成一则品书录，也难定准，序自然写不成，当荷见谅。

　　前言明日返京，安迪昨来电话，约驾到相偕见过，故今日先写此数行，以当扫径。

谷　三月十四日黄昏

　　记得有两处引用了《穀山笔麈》，第一次用简体"谷"字，第二次则繁体未简化，似当统一，作笺毕忽然想起，补缀于此，不复检原稿加签矣。

丽兄：

七日收到西长安街工商银行邮寄来汇款通知，九日让陈明领来，是辽宁所寄稿酬，注明已扣除调节税、预支和书款。意中五十本书当亦交邮，然伫待五日，犹未到达，烦兄挪借之本，未能归还，殊为悬悬，然又无可如何也。兄转叔河两件，反复端详，试为译释，不知有误否？他对脉望策划，盛加推重，自当奉陈一阅。其为知堂十卷本所作弁言和凡例，一并附上，与来信同读，不知感慨何若。安迪曾以主题分编为非，其实也各有利弊，不易一概论也。因其收集外文多（前曾听他说似占全集一半以上），故弥益悬念。这次寄来的是蒋廷黻《中国近代史》，海南出版四十八开本，版式装帧极可人意。我数年前已购有岳麓版，兄如尚无此书，拟即逐［移］赠，乞即示知。叔河信中说到海藏日记，说看到出版消息时曾想来信，而信中写下此句后便转了话头，似意犹未尽。我手头还留有两部，拟送人但无适当对象，此次自然想到了叔河，又颇以为他较贫寒，购书之款大约捉襟见肘，又前闻安迪言，周劭已向假读三遍，心中亦为一动，如吴季札之欲解佩剑也。惟此书重厚，不知也能邮寄否。如能，又欲重烦吾兄也（周君自当烦安迪转致）。叔河信中"戴""李"，而书末所附袖珍文库目录，我对著译者皆甚茫然，未悉兄能一一辨认否。知堂十卷集外，我尤盼能单独影印日记和书信（书信自只能一少部分是影印的，而且可以继续收集、不断补充），然此等盛举恐十年内未必能行，吾生殆不及见也。作此书时，颇疑兄很可能持六月号翩然莅止，不意一笺将尽，犹未见鸿影也。草草敬颂撰祺。

六月十二日　谷拜

亲爱的江青同志，你是我们学习的好榜样

你善于活学活用战无不胜的毛泽东思想

你奋不顾身地在文艺战线上陷阵冲锋

使中国舞台上充满了工农兵的英雄形象

这是一首一九六七年六月在《人民日报》上发表的郭诗。戴子钦先生来信自李辉文章中录出见示。李辉原文不悉丽兄曾经见过否，上面这首诗自不可埋没，故不惮烦，转抄一遍奉闻。

我揣想周劭先生大约长我五岁上下，已在八十以上，而说到人地年份，信口道来，如话眼前邻里，虽是博识，究亦天资非凡，殊难企及。要是让我来写他信上那两节话，至少得化半天功夫去翻查史书了。足下每每逢人说项，故周先生于鄙人遂殷厚如此，感铭之余，不觉汗颜。

六月号于今晨全部看完，侭〔尽〕管仍有看了不懂或不甚懂的篇章，还是觉得开卷有益，不负所望。此刊非徒为上海之《书城》所弗及，并较广州之《随笔》亦胜。错字难免，但比前几年也很不相同了。

错字大体似可归为三类，一是笔者、编者、校者大意，只看篇中的文从字顺，而不顾前后大体。如九十页左栏开头即举书名"冲突的文学"，而文末又注书名为"文学的冲突"（九十页右栏）。一三七页题头左侧小字"所者有心"。

第二类是引证的古文辞、旧诗词，校者不习见，不理解，就如同叫我去校外文，自然易于出错。页廿一、行八"只向波问"殊难解，疑"问"或是"间"之误；同页行十"我带春醒"难通，疑"醒"或当作"醒"。遇此等字面，如作者字迹也不易辨认时，最好查考一下。

第三类是作者笔误，这就要冒点险，代为改正。冒险，这是说也会弄巧成拙，反而改错了。这恐怕无法避免，只好勇敢一些，挺身而出。如页廿五行十六"深厚挚着"，"挚着"不辞，只能代改；页廿六行二十"就是""周叔伽和周叔弢"，与前一句无法接茬（一个"二伯父""就是"

两个人）。页一五九行倒十三"左迁"，用反了，古尚右，"左迁"是贬官，不是进秩。

周一良先生文中说到《民国碑传集》，我现在不再买书，但劝你买一部。此祝水公长乐如意！

谷上　一九九五年六月二十六日

丽雅道兄：

周先生稿奉缴，列举的十几处错误，均已照录原书上，奖饰之语，弥增惭汗。此稿流播海隅，殊为可惜，不卜他日刊出后犹得转载否。海藏日记是冷僻书，恐《新华文摘》不暇顾及也。周先生文中说到周馥晚年一书，旧曾入藏，仿佛记得书名第四字似非"语"字，然稿中引录原书，则我的记忆必不可靠。此稿如得便能复印一份见赠，至所感激！

旅途劳顿，明后两日望好自将息！

谷上　十四日

谷风大姊：

今日星期五，本当诣北京医院（我就诊的中医科米大夫，只在周二、周五上午应诊），昨晚电视预告有中雨，遂与女儿说定不去了，她今晨也就安卧不起早，遂未能挂号，怏怏在窗下默坐。（此句主语已换，不想涂改，只得加注。）不意上午忽然接到一迭信，首先拆本市寄来却贴了外埠邮资一信，连复印件共计八页，算计已半年不属稿，大概不会闯祸，不至于有骂上门来的。于是放下先吃饭，吃完再看，还是惹了点麻烦。这里得从昨夜说起，近虽依旧早睡，却入寐颇迟，卧室外边锅炉房后墙塌了，昨夜十一点拖拉机运砖来，卸毕已午夜，服安定一片，到三点光景又照例醒来，午饭后本拟立即午睡，而读了来件又颠倒未成寐。数信皆应即复，延搁太无礼，但如吴君此信，便不知写一些什么样的话语致意才合适。以前听人传说有争座位想当头儿脑儿的，常觉得奇怪，今天才忽然明白了：可以有一位秘书代为书写难以作答的信件。好！信中称"宋远先生赠全套《文丛》的情谊"，为何从未听您提起？（复印件太厚，先不退，如须取回，俟来取"寄存"书时一并带回妥否？又，阁下光降，请勿在周二、周五上午，以免扑空。——我赴医院，尚须老伴陪同，家中遂锁门了。）

第二封信是温州日报社周末专刊部一位卢先生来的，他问我曾于某年月日刊在《文汇读书周报》上的《马叙伦的别名及其它》为何不收入《杂写》之中。这使我想起那位谭宗远先生，现在尚未"接通"，不能寄一本《杂写》去，实感有负。

还有一封美国来信（自然是熟人）索寄《杂写》，我吝惜邮资，先前瞒着，不知哪位第三者走漏风声，只得破财了。

　　　　　　　　　小妹谷林上　一九九五、七、二十八

水兄：

　　文丛至今还只读完四卷，第五卷读了第一篇，暂时放下了。想起一件往事，三十岁前，从四川回到上海，有一位在中学校时同学过的朋友，年岁相仿，犹未出嫁，因之复有往还。夏夜，曾一起去逸园听乐。我全属外行，听不懂，却也喜欢听，听着觉得惬意。她喜欢柴可夫斯基，特别喜欢他的悲怆交响曲，上海那时有个音乐台，专播古典乐曲，附有解释，讲解得也好，我病肺住了一阵疗养院，每天准时收听这个台，只是牛性天生，始终未能开窍。来北京后，小市上也颇多旧唱片，我颇收购了一些小夜曲，"文革"中全部抄没，后来说纯属三旧，概不发还，其中包括两套广播操，起先是为第一个孩子买的，此时亦不暇与之理论，如今重提，可博一笑。辛先生之文，我是颇看重的，觉得目下的情绪不好读它，因之暂时搁下而先读第六卷。

　　这么一穿插，有了些发现。

　　（一）卷三总序未署名

　　（二）卷三、九序言作者署名前多一波折号

　　（三）卷五序言作者署名误加圆括号

　　（四）卷六序言作者名误署为自序的作者

　　我的一册，经戴子钦先生来信指出，失校已增至十三四处，而一、二卷几乎全无错字，使我大不安。但卷四似已有失校处，卷六也许更多，廿九页倒第三行（译为"权威主义"如何）误倒关键性的威权一词，可谓大错。

　　我的院子后门外卖烧饼的，近来涨价百分之十四，饼却缩小了，如果书刊一律欢迎纠谬，每一错字一经指出即付酬一角，定能推动我每天多读几页，以博烧饼之资矣。

　　下周拟于周一上午去医院，或则还要加去一次，如承枉驾，可先赐电话，如午际或下午到，则无问题。

　　　　　　　　　　　　　　　　　谷上　九五、八、十二

丽雅大妹：

昨日去北京医院，独自步行而往，走四十分钟，较以前多化去十分钟。抵院挂号，上楼下楼，动止一如素昔，不觉得惫疲。钱锺书曾经说到"老病"，谓：病，可能轻减、治愈；老，则终究一日老过一日，一年老过一年。竟是无可奈何。

从东长安街折往医院那条道上有一个邮亭，赫然陈列着《读书》八月号。前日黄昏在东四邮局投寄李稚甫信，杂志柜台上也陈列着这一期期刊。这是新气象，令人鼓舞。

我是十七日下午收到这一期的，廿五日才看完。此期品书录是否即由吴相中编排？颇为出色。于飞所作甚佳，引知堂书中语，贯串全文，首尾呼应，殊难得。"骗腿坐在车辕上"，骗字疑误，正写究当如何写，查了一阵《辞海》，也没有查出来。又疑"花骨嘟"的嘟字，或可省去口旁，或作"骨朵"。

专门名词多一些，是一忌。第二节中连举六种玩具名称，我就有些懵了。"中山泥人竹签大姐"，我解作中山地方的泥人，叫做"竹签大姐"；"香川高松纸糊出嫁女"，我解作"出嫁女"是纸糊的，作者为香川高松；"广岛宫岛的鹿与猴"，大约同此意，玩具只一件，是"鹿与猴"，广岛宫岛是制作者，也只是一个人；"弘前鸡哨子"，鸡当属下读，玩具哨子作成鸡形；"露肚脐的三春玩具"，却猜不透三春是什么意思。这里叙述的主要是"说明文字只有短短一行"，有的连制作材料也被省略，似举例不必多到六个，或者还可精选一下，挑那一看便能够明白的更为显豁浅露的来作例。

下面一节"两根线儿"从"横木板通到下边的一节小板条"，也不易看明白，"通"字不好，"线儿"也不很好，"小板条"怎样安装，都是疑窦。

你谈服饰的文章，专门习语自然更多，这可能冲减可读性。这里也有"覆钟式""毂辘"、"漫下来"等语汇，能否略加解说，或另觅替代词。

另外奉托代买一册八月份的《新文学史料》，不急看，买妥放在你那儿，有便带给我，或装一封套放在老倪的信格子里，让他捎来。

　　祝好。

八月廿九日　柯上

丽雅大妹：

一、昨日收到三封信，节日诚非虚度。其中一封是龚明德的。信中说：《南方日报》八月二十七日第四版副刊"海风·书林"，有杨树彤者写了一文，曰"书海文缘"，"评论大著"。我很想能一看原文，不知你们那边有此报否，能设法为复制一页乎？

日前又曾去过中国书店，书趣文丛只剩三种，计金克木、谷林各存一册，唐振常存三册，其余都卖完了。我前一次去看后，猜想他们每种进货为十册，好几种尚未销动，独董乐山的像是热销，扬之水似为第二位。

二、张若名一书犹在住院前粗粗翻过，觉得有深度，却又难读，所以一直搁着。近十天用早间醒来时间每天看一些，大概皆在四时前后，虽终究精力不足，未必神清气爽，却是宁静，四壁悄然，故较能凝虑，但有几天看着的时候，依旧走神，因为陶庸来了一次，要我写一点关于韩中民的文字，准备附印在中民某一种遗稿的后边。此事不能辞，但又极难着笔，构思甚苦，至少有两夜为之失寐，上面说早读走神亦即为此。昨天也总算凑成篇了。明天起准备读尊编"书和画像"，然后重读"世纪风铃"。

三、成多禄诗注一稿不知可得几文，乞于便时代我领取。半年来看书少，买书更少，常常乱翻一阵，有点杂念，便想写琐掇，又觉得压成三四百字真不易，所以很佩服朱新华。少买书也就不大想钱，提笔也就少了推动力。只是长此不读不写未免太岑寂，于飞也就不再见顾而高飞了，怎么办？

上次枉顾后，时时悬念，终于忍不住，跟老倪谈了谈。老倪谨慎，不会张扬。

老倪的意见基本上与我一致，他比我高一头者，是"老成谋国"！他说：杂志怎么办？你是中坚台柱，柱移屋塌，如何是好！这一提醒，令我悚然。在五周年座谈会上，听费孝通在别人发言时插了一句嘴："我是商务印书馆培养出来的！"此语令我很感动。你也应该往这一面思量一番。

此刻又发生一件奇事：收到《书与人》第五期。传达室说：邮局送来的。谁为我订的呢？想一想，只有你。为什么不告诉我一下呢？明年，我就自行订阅了，请不再费心！

有陈原的消息吗？他健康吗？在北京吗？

柯　九五年九月十日

那晚躺下，头刚着枕，恍然想起六月中曾订此刊，营业员答复不能订半年，赶不上第四期，只能订后四个月的五、六期。告老伴，老伴乃谓是她去订的。您看，睡醒能读书，就寝能记事，是不是步陈抟老祖将睡中得道欤——还是老年痴呆的开始呢？《书与人》翻了两三篇，此是尝一脔，以为过于《书城》，然不及《读书》也。留白半页，似专为补此一段用也。

丽雅吾兄：

　　无巧不成书。承赐《语文闲谈》，下册乃其画皮，书心则是上册。此事虽非千载难逢，亦属百里挑一，今者躬荷，诚为万幸。然不得再渎清神矣。

　　　　　　　　　　　　　　　　　　柯顿首　九五、九、十九

　　近日或与老伴赴医院较多，如见过不值，乞留置收发室。亦无庸亟亟也。

雅兄：

安迪廿二日寄到一信，附来剪自八月二十七日《南方日报》的"读《杂写》"，前日已复函道谢。但心中揣摩必是阁下与安兄通电话转托的结果，不胜衔感。龚君来信里指出此"读"有硬伤，举《雪泥集》为例，说"杂写"曾讲清那六十通信的写作年代，"读"则谓"均写于史无前例的十年"。并就"杂写"的吹毛求疵"七位作家三个刘"垂询。他曾会见巴金听巴老亲说此事，问我是否更知其详而故为曲笔。我老实告诉他毫不知道此中隐情，但读时诚疑杨苡的不注之注的原故，特为读者提示；而所以举"两处"而非一处，则是有意布疑阵，或可谓之曲笔耳。盖"一九四三年巴金去日本"改名一节，我虽未查考，但以为"四三"大约可推断系"三四"之误排。"两处"显有分别，乃故意牵连书之。适子明来闲谈，具为道之，并说虽阅读精细，殆难体味及此。子明沉吟不语有顷，旋去，入晚复持书来示，《雪泥集》渠拥有的一册页七十七首行原信作"刘宾雁的确讲得不错"，为之大愕。立即从旧藏检出此书核对，则我的一本乃省两字而作"刘的确讲得不错"，两本出版日月、印次悉同，但我的一本又缺书首第一插页的三张照片（印得很模胡），实属天下奇事。我说有两个可能，一是因送巴老样书，照原信印若干册，然后删改供发行；二是样书为某个领导所见，立即指令改版。子明说，他记性坏，不忆其详。但当时确与范用一起议论过这一名字，他和范用都主张不删的，所以听我说到此事特地往查原本云云。总之，若干年后殊应写一则两三百字版本掌故，容有烘〔羴〕动效应也。

柯上 九五年九月二十五日

丽雅如弟:

　　以前称兄,是抄鲁迅的,见《两地书》;这回道弟,是抄范用的,见上一期的《随笔》。语不云乎:千古文章一大偷——至于是哪个所"云",记性糟,就怕有人寻根究底,这样一问,只能转着眼珠子发愣了。

　　《逝者如斯》还搁着。费先生文章,我也是喜欢的。编"情趣"一书时,忽然传出一个消息,说是他接到一份邀请,请他出席一个座谈会。他却把邀请信转交"上头",使邀请者受了难,座谈会垮了台,我于是也从集稿中抽掉了三篇品书录,而且从那时起一直没有再翻他的书。好在没记性,这回就算重拾坠欢吧。但心中还有点来来去去,所以仍旧搁着。也许,一多半还是应归诸懒散。

　　搁在手边的还有上次来信,抽出来重读一遍,末后所署日期是十二月四日,不觉一惊。十七天如一弹指,一也;增岁减年(钱锺书语)又一载,已不到十七天了,二也;来信最后一段写的是"近日太忙,要退上一期校样,发下一期稿子",而下月初适值连续的假期,则近来又该忙上了,写此信来打扰,宜乎?三也。

　　余英时书才看一半,也许将接着看杂志,书一搁,前后就难接茬,兴趣也被败坏,然亦无可奈何。

　　附陈补白五百字,不成气候。

　　敬贺年禧!

　　　　　　　　　　　　　　　　　柯上　九五年十二月二十一日

丽雅兄：

　　昨日接奉李稚老一信，附下其门生周君两笺，对《读书》有所论列，李老嘱转致吾兄一阅，兹并李老来信一起转陈。此信我已答复，如须转交别的同志一看，尽管转去，不必急于付还，我存之亦无所用也。惟李老病况可虑，老境堪怜，束手受缚，无能为役，不禁深为于邑耳。

　　又有黄成勇者，现任湖北郧阳地区新华书店经理，寄来所作《沐浴书香》一小册，附函问吾兄地址，谓素所向往，亦拟寄奉此书请益。我亦已复函告知。此书前环衬有作者简介，兄阅之自知，我也只是看了简介后才知道，故不必辞费了。

　　李老信中要我再向你借阅《李审言文集》。此书前已草草翻过，当然业已忘个精光，但目下尚无暇顾此，兄阅来函后先不必检交也。比日只是写年内应复各信，余英时书还差五十叶未曾看完。《读书》收到已四日，才看了四篇。封面要目，列常念斯的而不列张中老的，颇觉惆怅。

　　卢琼英遇车祸，兄自闻悉。我从子明处获悉，哀叹弥日。她的女儿，我只知其小名安安，是在西安出生的；两个儿子，则连小名也叫不出来，所以也没有去其家吊唁。谓之心丧似无不当，她是我的启蒙者。

　　此候撰祺，再贺新岁。

柯上　一九九五年十二月二十六日

丽兄雅鉴：

　　岁杪日手缄敬悉，"怎么看也不能满意"的跋稿拜读，没话找话，胡批一通。敢于胡批，可见不"勉强"，但不敢叫好，因为太外行，专名都不懂。信上所说宏图，已转告子明。他听说《读书》要换帅，沈董两公有龃龉，颇焦急，闻此讯大慰。《李审言文集》乞暂勿交下，且待到下半年再说。阅读中时有些飘忽想头，但捕捉不好，有一管苏黄的笔能点染几下，安可得乎！廿六日曾转上稚甫先生来信，大概适在赴沪途中，顷谅鉴及，李公病况，至堪忧念。余英时书一册奉缴，甚可读，但我的底子太单薄，读此书大约十遗十八也。草草，即颂曼福！

　　　　　　　　　　　　　　　　　　　　柯拜　九六年第二日

丽兄雅鉴：

接到电话，马上检出一本存书，用红笔标出"整改"，需要挖改之页都夹上一个小纸条，又把总计一十八条列成正误表一张，随样书奉上。一万本没有积压，居然在不算太久的间隔之后就重印，很出意外。又想起一个电影剧本里的镜头来，那句对话是"拉兄弟一把"——第二辑（和三、四辑）的涌出，烘托了第一辑，而第一辑里又用九本书挈带了我的一本。

《逝水集》、《潇园随笔》各看了两三篇，《文物丛谈》才看了五十面。化了一个钟点翻《读书》，翻了一遍，补白和书讯算看过了，这几天成绩就这么多。一天大抵就只能看五十页书，吃完晚饭就眼花了。（三句接连用三个"就"，是无意间透露的急匆匆赶路人的气势。）

去年两次住院，我未作报道，还略加封锁，结果风声反而传得很远。接着一个侄儿分两次汇来四百元，我的老姐姐汇来五百元，更加意外的是在美国的一位朋友，违反邮政法规，在新年贺卡中间夹了五十元的一张美钞来。我平时好像也不曾叹苦叫贫，不知为何把穷酸名声闹得四海播腾，始作俑者则是阁下，一直无法平复不安的心情。

你给我的，原是金先生让你买书的，是一笔生产资金。你的读写转向文物，要置办的图籍和工具书，都是高价的。我考虑再三，我代你选购，总不如你自行选购为较好。所以决心奉璧原款。"朋友有通财之谊"，我也很理解子路那种"与朋友共"的心怀。你能不能信任我决不对你见外？在我真的匮乏的时候决不向你隐瞒。

一九九六年一月二十八日 柯上

丽兄:

昨日接到廿三日手书,正读葛剑雄论述北魏孝文帝一文,齿颊沁芳,遂以惠贶的紫白落英夹存此中。安迪曾来信说:"宋远兄所作《诗经》考证,拜读一篇。生字太多,自愧学养太浅,佩服却无所得益。"五月十四日来一远客,从江西进贤县来,名曰文先国,年前曾来函索《书边杂写》,尝以一册寄。他在县文物管理所工作,这回来京请张中行先生转介求启功为县所写一榜额,遂以见访。他跟我谈《脂麻通鉴》,说上半部不易读,而极赞下半部。此评则颇出意外。说诗能否避开生字? 大约很难。但读胡适的哲学史,却又像不难。如请文先国读葛剑雄论拓跋宏之作,他会不会说难? 这也不得而知,但我以为多半是葛作较易读。故还想重说一遍前议,愿兄多近胡适而稍远钱锺书也。

五月号刊出积稿两则,很高兴,算是我对汪晖君奉献的一串鞭炮吧。能够再写一些且得水公称许,是所深愿,甚至可说正是从此中略感生趣——人生乐趣,从另一边说,即是人生的意义。留着费孝通那本书,即是为了写,但放久了,就早已忘光,得重读。这一个月来,先是补读完一至四期的《读书》,接读五月号,是渴望多认识些儿汪晖君,大概不易达到目的,眼下只觉得五月号胜过四月号。此期葛文而外,甚喜舒芜一篇,也赏堪隐说梦。读舒文就想到奉假程笺《涉江诗词》已久,因原存四号字本的《涉江词》,与新笺对读,并曾酌钞笺语,因之读得很慢,且颇败坏了一口气读一本好书的情绪。曾在灯市口中国书店见有程笺,想去购置一本,可是又自笑痴顽,既苦存书无处堆放,又苦一过便休、七零八落的记忆力,何必多寻烦恼。至于喜欢大高殿和御史衙门,则是神往于那样的生活。我对我的家乡县立图书馆,真是柔情万千,感戴不尽,它可能塑造了我的性格,并影响了此后我选择的人生道路。这个月的以后十来天,是在帮博物馆的一个小伙子看释文,郑孝胥诗文的释文。有一个出版单位编选书法作品,忽然看中海藏,来博物馆选了若干手稿,小伙子照了相(明信片大小),为作释文、补标点,要我为之复查。这不太难，难的是我看照片缩小了的字迹很费劲。昨天试用两个放大镜叠起来看，果然颇有效果。而我就这样"随风而去"地度日，也就颇难分重轻，排先后，什么时候能写出一则稿子来，实在没底。

《石语》涉及海藏者两则，很欲有所剖说。趁为小伙子看释文之便，我遂得他之助，从其手稿中觅到石遗挽诗两篇，是世间孤本，因之极愿写一则琐掇。如写得简短，在千字左右，则寄安迪"圆明园"。如竟有千五百字，则寄"书人茶话"。万一竟至两千字，则给《读书》。但文章未必好，寄《读书》不免有点胆怯。

接信之前曾猜想你大概不是每天都到朝内大街上值了，得信乃证实了我的猜想，不禁又浮泛起故人渐远的慕恋。这是精神方面的，也有物质方面的，即如借你的好些书，还你就增加了些不方便，以后是否别再替你添麻烦了，等等。又有李稚甫老人，我于四月十九日寄去四月号（未挂号），他五月六日来信犹未收到，思之烦躁。他曾要我寄四、五月号，先未提六月号，原以为六月号他必已补订，而六日信中则又嘱五、六月号乞续寄。现在只得以此事转烦吾兄，先寄一册五月号给他，以后再寄一册六月号给他。然后，到此为止，盖也颇苦此类琐事扰攘也。他先要我寄一种陈原的新书给他，但未说书名，很可能是他见到"火凤皇〔凰〕丛书"的广告了。但其时我自己也尚未见到《黄昏人语》，因之寄了《我与书与人与事》给他。他看了甚感兴趣，又来信要借《书林漫步》及其续编，还有《记胡愈之》。《记胡》一书我不知放在哪一堆里，未能找着，乃于五月二日先寄《漫步》两种给他。而他六日来信又要我转向你借取《陈寅恪晚年》。这本书压在我这里已一个月，我还无暇展阅，只在《文汇周报》上读了摘要，读之惨然不乐。现在不想再为李老寄书了。说实话，他以前曾要我寄董桥两书，寄还时倒角卷页，颇损书品。陈原三册书均有作者签题，我保存得很好，寄去后时怀惴惴。这回想复信说老实话，他看这些书无非闲览，此甲彼乙，殊无强求远致之必要。他从中大退休，又住在中大宿舍，想来应有门生故旧可托，中大图书馆借些书看岂不近便！

　　文丛再版一事曾有续讯否？不定期刊和《万象》首辑有问世之期否？均念念也。《饕飨集》中有一文记在美国开会事，涉及我的一位老友，因之此种已转送此君。很想补齐这套书，故关心其再版，其实此种求备之心亦殊可笑，总是积习难改，尘浊不超，无法救渡。

　　久未把晤，不觉覼缕，即候起居。

柯顿　九六年五月二十五日

水公：

　　奉十八日手教并转下《上海滩》来信一件，感谢。谓"圆明园"上补白之作能令公喜，尤觉懂〔欢〕然。因安迪犹未寄来特刊，不克重看一遍以验证公言无讹否。《博览群书》六月号载有《争坐位帖与苦住帖》，未悉见及否。适为子明取去，未及寄呈也。《读书》六月号想日内可到。五月号、六月号均烦兄各寄稚甫李公一份，幸勿遗忘！费老选集，前日重读方毕，循诵太慢而遗忘太快，感触纷繁，不知如何拈出一个线头来，因之又放下了，幸有《万象》退稿可移用于《读书》，稍纾煎急。今日又乱翻书，想为《石语》再补写几百字，但也不得要领，故又想另起炉灶，明起改读《陈寅恪晚年》一书，且看读完后有文章可做否。杨在道君寄来张若名资料一小册（中国妇女社出版），又来电话两次，要我写一小文介绍，大感为难。董桥文字太精致，思绪太空灵，捕捉不易，恐亦无话可说。阅读迟滞，终当搁笔。日前曾在机关体检，确患有白内障，则不耐小字书，良有由矣。是否从此应急急风赶紧多读些？书趣两套，犹一大半未尝寓目，兄见假之书及旧赠各书，亦一一待阅。往年购存旧藏，亦须作一交代，真不知如何发付矣。昔日购书全无经纬，如《历代天文律历志》、《两汉会要》等等，断无翻检之会。月前全数清交中国书店，得价七百元，留款无用，因又想另买几本新书，而左近书肆殊无可选取，转思买归后依然庋之高阁，真堪令人笑倒。写至此忽然想起一事，在中国书店与收书人（姓王）交谈甚欢，遂托其代为留意，如有残本《明史纪事本末》，乞为留第二册，此老即转身入内，少顷即持一册来，询其值，云：不计价，敬以奉赠。又云：足下是做学问的人，所藏皆正经书，难得难得！诚属不虞之誉，闻之两耳皆热。《上海滩》有一编辑曰史慰慈，向无音信，知余与《读书》有旧，又见"圆明园"上稿，以为与该《滩》亦相近，忽然寄此一信，亦无可酬答也。信不抵面，况以写心！草草，敬候起居。

柯拜　九六年六月二十日

水公：

　　昨日奉悉手札，"当代名家"，曷克敢当，只是感念盛意不尽。前一天止庵王进文亦来一信，而且说，"半年前我即一直在活动着"，"新近"与其随笔集子的责编方才商量成功，也要为我印一本小书，并出主意说：可分三辑，第一辑是藏书题识，第二辑尺牍，收类似苦雨斋致平伯、废名诸公者，第三辑则是新写的散文。我只叩头道谢，说是上天眷顾，如果能维持目下的健康水平，也必得积储至少五载，或能有成。说实话，老天爷待我真是不薄。我与《读书》的创办诸公算是老熟人，与兄往还却耽误了好些年，蓦然回首，一拍即合。止庵更是萍水相逢，通问亦才一载耳，乃承错爱如此。可是这些债负，也真载重维艰。

　　你说《会要》可惜，我却也不悔了。我的书扫地以尽的已三次：第一次是去四川后故乡沦陷，所失是一批一折几扣的新标点本的旧书，偶然想起较难再见的不过《樊山判牍》等几种，还有些《小说世界》、《现代》以及《文饭小品》等几种杂志。第二次是离川东下，托人代运，翻了船，所失皆土纸本，但也有几种极难得的初版本，如高长虹的《走到出版界》、陈西滢的《闲话》。第三次则是大革文化命，如今念念难忘的是一套《中和》杂志。俱往矣，也诚无怨恨，真要是都留在身边，我还有坐卧的隙地吗？你购得《禹贡》、《史语所集刊》则甚可贺，而且似乎也还不算贵。以后似乎还当多注意杂志。人民大学以前设有一个剪报组织，可以选订，不知还存在否，五十年代我亦曾选订过文史类若干种，不甚合理想，但终究得以略广见闻。"争座位帖"适去复印，铺子锁着门，空手而归，容后补奉。一笺代面，搁笔依依。此候起居。

柯顿　六月卅日　九六年。

丽兄雅鉴：

纪梦一札九日始奉到，至为感荷。现实世界恰与梦境相反，自然是你背着我上山的了。给我当吹鼓手，介绍人，令我结识安迪，请绍良先生评论海藏日记，如此种种，殆难列举。我也只好生受拜嘉，现在更是连谢字也不愿出口，我理该逢到那么个大福星，当是命中注定，我就乐天知命吧。

寄上复印稿两份。《博览群书》是谭宗远的关系，他也属文章知己。他的短评是刊在《人民日报》上的，这可非同小可。刊出那一天，王益拿着报纸来我处，颇表惆怅地说：以前在出版局，已记不大清楚你对安排你的工作，提过什么意见和要求，着实委屈你了。他说得很恳切，使我甚受感动。

储安平也在新华总店任过职，以后调去《光明日报》。他离去时，来还我书，顺口夸了一句我刚交上去的带有思想检查性的学习总结，说是"文情并茂"。我犹豫了好几天，曾想请问他有无可能拉扯我去报社。到底因为相识甚浅，不欲仰面求人而罢。当然，这个可算是天相吉人，不然，一定会跟着他马上倒楣。

我失学就业以后，一直有些职业上的向往。先是希望能在中学校里谋一个教语文教历史的教职，以后又希望能到一个图书馆里去当一名管理员。但我缺少你那样的闯劲，总是想着吃饭难，稻粱谋，安分守己吧！托"文化大革命"的洪福，一革革到历史博物馆，总算稍了生平之愿，更为意外的是与足下的幸会。

现在，一切都美满，当我阖眼入寐的时候，脸上定将留下感荷的笑，是真诚的喜乐。

一九九六年七月十日 柯上

丽兄雅鉴：

　　歪批三国，容有一字两字恰巧蒙上，其大部盖所谓买一个破绽，坦露白丁腹中家底如此罢了。或能博得通人胡芦一笑。

　　《东方文化》的余皓明、萧亭两君未审曾来约晤否。我曾急函稚甫先生勿为介见，没有能挡住，既来之则安之；乃以己所勿欲，转加于公，歉甚！客去后，读《东方文化》第三期，极赏之。日来读《书屋》第四期，又胜过《随笔》矣。《读书》时有诘屈聱牙处，类似后现代的笔法，此其所短，恐改易极难矣。此承
起居。

　　　　　　　　　　　　　　　一九九六年七月十四日　柯顿

丽雅弟：

要将一卷"圆明园"送去，总得捎上几句话，于是没话找话。

前几天老倪去看了新楼，说是门市部二千米，三层。他很少有那样兴致勃勃的。我也有点被他逗引起来了。八年前，我每天从天安门走一个来回，如今，倒又有个可以走往浏览一下的去处了。只是腰脚不那么听指纵了。忽然想着，问了一句："《读书》编辑部也搬去吗？"

"自然。"老倪不知就里，回答我十分平静。

我想的是：如果以后再要送一卷"圆明园"呢？

其实，"圆明园"只剩下一期了。安迪出差北京的机会是不是将减少？他也没那么多闲功夫，没话找话，给我寄一纸书吧？

而丽雅正在淡出。从一星期上两班，减至一班，一总也只剩十二个班次了。她曾经希望在余下的半年里能亲手在《读书》上多发两篇我的稿子，我是心许了的。我把《逝者如斯》看了两遍，想写一则随笔，那部借来的书，一直搁在案头。我说想写，这个想，是星星点点的跳动，形不成脉络，就是说，一个丝头都挑不起来，怎么络？盘缠牵绕都不是腹稿。原本不曾有过的梦中綵〔彩〕笔，毫无踪迹可寻。

而这一卷"圆明园"，一周前当你说想据以复印的时候，我恰好点检过，正搁在伸手可及的桌旁。当时，竟漫不在意立即抽出来当下交付。每日里叨念着你再上班的一天，给你送去，好不奇怪。

这恐怕是老年痴呆的抛头露面之前一些微细抖颤，我的反应，已显然大大迟钝了。而我，也终于不再有可让你亲手发出的一稿了，说不尽的惆怅。

一九九六年九月二十四日九时四十分　柯

丽雅兄：

　　昨奉十一日华翰，不免有兼葭白露之感焉。书在弟处稽搁甚久，殊歉。读舒芜推奖文后，始展阅一部分，旋又搁置。得手书后取出检视，才止于六八页，方全书五分一耳。弟原有八二年版一册，系四号字排印，较便老眼。兄之笺注本，取校亦小可是正。关于人名和某些短评，即摘录于旧藏，是以迟迟。兄又迭以新书见假，遂不免缣素交错，作辍靡常，思欲齐头并进，终咸趑［趑］趄不前。又有三数种书看后想写一点零星感想，也顾此失彼，或则开了一个头便又放下，恐颓唐愈赖，难以收拾矣。负翁一家言，弟未读全书，不能左袒，但仿佛记得曾有一客在弟处尝抚沈注本慨然曰：词岂能似此唱叹！弟门庭冷落，过客甚稀，但终竟想不起来是谁说的了。鲲西先生尝于阅海藏日记后作文，题云："读书以不记为佳"，来书提到记忆力问题，忽然想起鲲西先生此文，顿悟吾兄与弟情景大不相类，盖非善忘，乃秉"不记为佳"豁达宗旨耳。至若图书出纳等琐碎，仍可不介素怀，但为节省时力，便于查找，不妨备一小册，略加疏记，挂在书架一侧，某月某日某人取去某书，亦甚省事。尝于范用兄处借书，其经田家英借阅者，往往书尾有印章云：家英读过。此殆甚有雅趣也。如有好图章好笔墨，略留题记，他年翻看，回想前尘，必有一种缠绵意思，甚或可辑录为妙编足以传家。兄交遊中颇多诗书兼擅者，似不妨一试也。来信中提及去历博观画，兄如构文取用彼处照片作插图，请注明"某某摄影"字样，并按通例付酬，此事不可疏忽。修马路不便出入，敝处现在开后门可往返邮局，至作家书店观览亦无碍，但不能远去东四南大街耳。即颂曼福。不一。

　　　　　　　　　　　　　　　　　柯顿　一九九六年十月十三日

水兄：

十八日应邀赴下午茶，未获把晤，得见安迪，亦属幸会，藉悉略染风寒，小有违和，念念。是日嘉宾满堂，觅座为难，与安迪片语而别。久不去灯市口书店，遂往浏览凡一时许。有《文史资料选辑》数种，先一日已在隆福寺购入，而此间价乃稍廉，颇出意表。有陈子善辑集的董桥文一厚册，系新出书，似标售八折。又见沈从文《花花朵朵》一书，系第二次印本，售原价，皆可谓廉价书矣。但是寒斋逼窄，已无处安置闲书，只得徒归。昨日已将吾兄见假的沈书阅毕，此书由外文出版，甚属意外。初版只印三千，亦是一奇。此书很值得文博专业当做教材，应当人手一册。我在历博曾屡屡探询沈先生工作情形，但很少有能赏识崇敬之者。有云杨馆长在大会上曾加以批评，沈先生为之堕泪。我打听批评了什么，则又不闻其详。只有一次有一位盛赞他的书法者，却继口骂娘，说求他写字，辄为所拒云云，盖份在割席，无法可施。谈书法两篇，已收在别集，读之极为欢喜，不过我是喜沈先生能唱别调，并不是懂书法也。吾兄今欲步其后尘，有一大难处，即无从接触实物。现在纵令重进博物馆，也毫无办法，盖无处不封锁，人人皆严守"机密"也。沈公之书和《逝者如斯》，拟即奉璧，如未荷见假，竟不知世有如此快人心目之作，感泐何似！两书皆颇有错字，偶以铅笔签注一二于书边，亦未尽发。"逝者"则写了一篇随笔，已寄《书屋》，未知何时能刊出。文思滞涩，所就亦未能称意。为《文物丛谈》所写的短稿，寄"周报"约已一月，未见刊出，大约亦不当绪源兄意也。顷阅罗思所编《写在钱锺书边上》，所收皆见所未见，颇为惊喜，但我的学力究竟还够不上读《管锥编》《谈艺录》，也够不上读寅恪先生著作，因之，读罗思一类所编，诚所谓西向而笑。"壮不如人，老可知矣"；"既伤逝者，行自念也"。

上月赐翰说到水仙长叶成水葱，此是室温过高的缘故。水仙须控水控温，但又要阳光照射。养入盆中前还要剖割妥善，置有暖气设施的室中，花期亦短，我的盆花一直放在盥洗室，日来含苞渐吐，则不能不移入室内，至春节当已萎谢，盖水养的日期过早也。

草草不尽，敬祝康复善摄！

谷拜　丙子大寒节

水公：

　　昨日上午想起子钦先生两次来信称道《赵丽雅》一文，于是取出"三话"重读。以前我对此篇最赏"照例不坐"四字，并且因为这四个字而相信张老自叙尝有小说也能写的话不虚。这回重读，才读出更多的滋味来。换一个说法则是甚是惭愧。原来我以为我与水公的熟识程度一定超过张老，现在则当承认不如，因为张老的"情"有一柱石，即"理"，推情入理，或者反过来说，情从理归纳得之，踏实而且牢靠，也可以传远信众，使读此文之人，肃然兴感。这些我都力不能及。若是从读书说来，也就是以前皆属草草读过，浮光掠影，宝山空入，因之想：以前读过的，都应重新读过。人手足刀尺，从头开始。然而，去日苦多，有此志尚有此岁月乎？不禁浩叹。十一时半至收发处取报，若有神会，竟得留存的张老书三种。午休后，取出摩挲，适读《海右陈人集》，以两句题于《说书集》目录页之侧云："四海文章劳月旦，中原人物想风流。"即读四、五、六三篇，五、六两篇是昔日读过的，这回重读，亦如读"赵"篇，如入话即引"往昔"六句"亦有贫家儿，衔指倚门看"六句，诚像篇末说的：出神乃至落泪。至于当初读时，纵有感兴，今乃了不省忆，则亦看同白看也。从此书编目中看，张老近年所出书，未见者尚有八种，而犹有未在目中，仿佛决不少于三种，人之相去，何其远耶！（我写千字，十日亦不能得。）当年不识天高地厚，竟敢于佛头"三话"着污，思之曷以自容？自兹真当搁笔。（惟颇惜此书封面、内封和环衬的设计，喧嚣令人烦恼；前环衬作者肖像之下小传，赘一"男"字，尤足解颐。）公去图书中心，每周有定日否？或可不时于此谋面。然亦不易，固懒怠不好动弹，且亦怕见猎而意动。已为购《坛坛罐罐》，奈何奈何！盆中水仙盛开二十五朵——只弄得一头，另一头转送北楼一老邻居，据说也养得不好，烂根而弃去。我这一盆现在自不得不安置室中，室中太零乱，殊与此花不称，且室温过高，恐供养未能久也。张老处亦当写一笺去恭谢，想照旧寄教育出版社当仍可转到。琐琐不尽所怀，敬颂双福！

　　　　　　　　　　　　一九九七年一月二十五日　柯顿首

远公万福：

四月一日，近午雨犹未止，换了鞋，撑着伞去收发室取报。其实取报何必那么积极，盼望报纸里边裹有邮件耳。木瓜未投，琼琚焉报？而且日益惫塌，惯迟作答，偏爱书来。因之，常常取了报，颓然归室，报纸也不打开，就堆在一边了。

其实打算奉书阁下已颇有时日。戴子钦先生偶然发现《读书周报》上的羽扇一文，来信说，文末结语大悖，如再有机会编辑，切记删去：哪一个被扩大错划的睹之必极反感也。读信瞿然！以后又有读者指教，一良先生《魏晋南北朝史札记》有羽扇一条，此书庋架近十年，了无印象，足见平时草率粗疏，叹息生平不能将之如同一卷旧书，阁上后重新一页页循诵也。

我向子钦先生申述，我的意思是诚恳的。我有一个中国银行的老同事，甚熟习。一九三七年同在杭州考取练习生，一九三九年一起奉调入川。二十年后他沉沦廿载，平反后落户哈尔滨，年前来京相见，告我去总行时与一旧人闲叙，对方口不择言，说到某一事件，出语云："那些右派……"。我听了他的诉说后讲我自己的心情，谓我时时感到没有被划作右派的惭愧。——此意蓄之既久，但不能大声喧嚣，写此小文时，借端一发，其实甚鲁莽也，特别是怕伤害某某兄，却又无法补救，诚哉驷不及舌！

又一次是子钦先生听说您在考证《诗经》名物，来问中国文化出版情形，称叹为"奇女子"。又说到子民先生当年聘请梁漱溟、胡适之到北大任教席的故实，因谓世无伯乐，但相信仍会有一天阁下将受到同样的待遇。

这些琐事，时时心中回环，也颇类似翻旧书。四月一日得惠书，自然就想起风雨三章，又想翻翻《诗经》，而觅书竟不得，直拖至今日，找出几种选注今译，乃分发于三个书架上，以便以后又碰到类似事件时"一索即得"耳。

连日风雨已止，而余寒未消，早间新闻预告下周续有寒流，伏维珍重，毋太劳累也。

谷拜　丁丑清明前一日

丽兄雅鉴：

　　四日奉到手书，承贶《寅恪先生事辑》增订本，欢喜拜嘉，感德无量，只是未获握晤稍倾积愫为憾。我三个月没有出门了，秋爽已至，昨日午后贾勇去韬奋中心，本意想找浙江布告的学者书话的样本观览一番，深知必荷水公见赐，而盼先睹如望岁，以为稍知篇目以略稔年来涉猎范围亦大好事也，竟不能得。一般说来，书能发到门市部，殆作者之样本赠书当可同时或先期到达，然迟一些收到，多一些想念，未始非获也。旋得金公《饮河录》，取阅，突见水公一跋，匆匆读罢，遂即购归，深感水公尊老怜衰之情谊不置。豆棚瓜架，悠然入梦，不胜感戴！"故人入我梦，明我长相忆"，我则久不梦见周公，岂周公不知我相忆之深且挚耶？倒是常做一些稀奇古怪的梦。有一夜忽然到处追寻陈柱尊，亟想找他为我讲解《古尊宿语录》，似乎是已列门墙选定这一门课程。真是非夷所思，荒诞之至。盛夏蒸燠，读写都废，惟凉风至，恐亦难振作，木已朽，青都谢，盖亦无可如何事也。专复，敬颂
双安！

　　　　　　　　　　　　　祖德上言　一九九七年九月六日

水公几右：

　　承赐《采绿》新书，叩谢！"如见水影，如写阳春。风云变态，草木精神。海之波澜，山之嶙峋。俱似大道，妙契同尘！"即检出前两书先编列序目，一一注于新册，新收篇目虽不多，然旧梦重温，故人把臂，岂不大开心颜！孙君序言大佳，不下张、陈两公。

　　附陈戴子钦先生来信两纸，因笺中有一语涉及安迪。信上说："来日若我与他更为接近，我拟劝他去除这一套。"此事无关大体，然戴先生如此郑重言之，使我深为感动，觉得老一辈人的可敬可爱。戴先生长我七八岁，现年约在八十五上下，与我相识到明年为六十载，于我是师辈。我也爱重安迪，"弟蓄之"。但我更喜欢戴先生所说的"来日"和他亲自的劝说，故不拟"挺身而出"。八月十六是宁波过中秋的惯例，上海有一老友来电话向我贺节，说起戴先生家中白日被窃事：贼没有上楼，他重听，又在睡中觉，故不察，亦未受惊，"略有经济损失"而已。兄有便，可否以此事告安迪，不及其他，使安迪能乘间一往视戴。——如此处置妥否？惟公善酌！

　　此颂曼福！

谷拜　九七年九月二十日

丽兄雅鉴：

前几天在《光明日报》的画刊里见到一幅画上题句，五言两句云：相见亦无事，不来常忆君。觉得十分面熟，似是前人旧句。但想不起题目和作者了。其实我偶然记得的断句，大抵都如此，因而全诗也无法查究。不知吾兄对此十字有何印象否。

本月上旬接上海戴子钦先生来信。他有点不如意事，被"小偷"光顾一次，这我以前已经知道；这次则说到被窃的因由与邻居的"宿怨"的关系，更是一重烦恼。接信后时时想着该早点作复，老朋友聊聊闲天，多少可起点化瘀解结的功效，乃竟拖到昨天才了愿。这大致说明我在一天天迟钝。一想到负翁文中描述吾兄的倚马疾才，如在天上。

戴先生来信中有一段话，录闻如下：

> 昌文与陆灏于上月二十七日又一次来访。据告《万象》不久可领得刊号，故决定仍出期刊，由陆灏主编，辽教印行。我问……
>
> 去年昌文来信，预告下年来沪，将偕奇女子同行。二十七日见面时，一开始就说明照原计划实行，奇女子来了；但已于前一天回北京。我无缘一见，自以为憾。日前在路口书店，见有浙江出的《终朝采绿》，就买了一本，聊以慰情。

《采绿》热销，我自然很高兴。我则在中心买了一本《末世苍茫》，是吴方遗著，云南出的。系列中有他的《尚在旅途》，犹未见到，刘绪源君则寄来一本《冬夜小札》。但买的和送的《苍茫》和《冬夜》都收在柜中，未及看。同院也有一位负暄老翁，几次见面见邀，希望一起晒晒太阳聊聊天。我前几日特地向他告歉，说实在挤不出闲工夫。他诧异道：你在忙什么？

我自己也奇怪我在忙什么，不是罗敷，没有上树摘过一叶桑，大概只是日益迟钝吧？

我还买来了《流年碎影》，似乎只看了负暄三种一篇，厚书更看不及，想翻薄本子捞些稻草还欠债，伤哉贫也！（不能一回回向负翁乞讨，而此书自不能不买也。）

　　且听下回分解，先此奉候双福！

谷　一九九七年十月二十六日

丽雅大妹：

初六函件，未悉托何人捎下，迟至初九始得。午间取报，见中有"硬件"，厚实过《中国圣火》，顿疑"诗经名物考"耶？一何成书之速！又疑是"读书文萃"印成，烦吾大妹转致也。入室展视，殊出意表："非女之为美，美人之遗！"

多年来，我一直用六十四开的活页纸写日记，备纸甚多，大约干校回来方罄，那时候添购颇不易，化了不少脚力才找到，狠心又买了一大批，讵知纸质不佳，一面受水，一面渗水，不得已乃用圆珠笔作记，尽可能选用不漏油的笔芯，自无法保证其不化也。现在尚存四刀，因"板式"久定，只得因循使用。

大妹旧赠日记册，俱用供杂钞，如今添此一册，颇有将零星纸劄整理钞入之意，时时写一二页，不费心力，亦足遣兴，惟每感卒卒，时日皆纷然擦肩而过，不暇款接。阅许渊冲小书，拟写一篇千字文随笔，已两月余，不能卒业。

以前徒行去天安门上班，爱惜时光，曾以小纸片选录些律绝，一路背诵，日可成诵数首，近来翻得若干，或作者、诗题遗落，又疑所录有脱误，所据多非本集佳椠，半是辗转稗贩，检陈数纸，茗边览之，容有会心妙绪否乎？仆心猿意马，想读的东西很多，去取无定，一事难成，但慨"壮不如人"而已。

敬候起居。不一。

谷拜　戊寅初九

水公足下：

十一时至收发室取报，得手书，为之喜逐颜开。"怪不得昨夜灯花放，今日里喜鹊闹门墙"，忽地想起六十年前在万县听一位中国银行同事清唱的这两句戏辞来。万县是支行，属重庆分行管辖。当时分行一位主管来视察，我们举行茶会欢迎，即席余兴，有人唱了这两句，接下去两句殊不成话："我只道大祸从天降，贵客临门到我庄（贵客前有'却原来是'，盖曲中衬辞）。"我于京戏完全外行，因欣赏这位表演者临场触发的机灵，后来就去查考，才知道是吕伯奢对曹瞒的欢迎辞，实在不宜移用。从此取得教训，认为成语典故如没有切实弄清来踪去迹，切不可随意引用。

闲言表过，且说当下展视来牍，亟觅放大镜为助，芒种已过，绿窗垂阴，固也，然老眼衰颜亦于此征见矣。我极盼能继续努力，譬如说，一年为《读书》奉献一篇略具头脸的稿件，而终于攀跻未得。承考问"读了什么好书"，搜索一下，似乎什么书也不曾读。去年初曾有过一番盘算，暂不旁狎，先把脉望见惠的四辑书趣文丛挨个摸一遍。谁知至竟全班落空！遂致见到第五辑问世的广告，也没有动心。如果找托辞，无非双眼已不耐细字之书，于是每天只翻翻报纸，结果报纸也翻不完，又在案角床侧堆积了起来。自然也有点意外的邂逅，如四日《文汇报》上那位"吵吵闹闹的女人"（此足下曾作之月旦评也）长文《小城思索》，我连看两遍，又作了长篇摘录，几乎花了整个上午。

昨读《文汇读书周报》所载郑超麟一文，文末注纪德的《从苏联归来》（并附"答客难"）将由辽教重印出版，大为动心。罗兰《莫斯科日记》购存犹未经目，拟俟得此书后并读，届时或可凑成千字品书录，未可知也。颇疑此事当亦由脉望策划所成者。所怀未倾，敬候起居。

六月十日 谷拜

水兄如面：

如面，后缀一谈，是东方出版的止庵一本新书，列在"活水文丛"，我没有问作者，不知曾奉呈一册否。我得此书已四阅月，抽看过若干篇，反复看过若干篇，觉得甚佳，却终未循诵全书。这两年看书皆如此，近日翻看兰州寄来的《苦茶》和《知堂书信》（前者是《知堂回想录》的易名，后者是《周作人书信》的增改），因吹北大百年之风，我抽阅"北大怀旧"诸篇，以前读过的，已毫无留痕，错字不少，其引用日记处，即与大象版影印本对照。昨天又因提到旧文"龙是什么"，查其《谈龙集》、《艺术与生活》等十几本书，都未查到。这样，看书极慢，不在话下，想写写几百字的小文，也无从下笔。昨天收到《读书周报》，读致云乡先生，不禁长叹：壮不如人，老可知矣！仰止无极。中缝见中华《史料笔记丛刊》广告，所列自唐宋至清代计共八十六种，揣前次惠翰所述，似订购全套矣，书贽殆将二千金，亦殊惊人。架上所置而迄未寓目者仍多，足消余日，兄前谓拟送回若干种，大可不必。二条上年新开一间小书店，前日去闲看，有山西版《凌霄一士随笔》一种五册，见猎心喜，又买了回来，再添"冷藏"而已，殊可笑也。以后惟有过门不入使不见可欲，庶几稍节虚靡。此期"书人茶话"各篇，读来均甚有味，鲲西先生谈林迪臣，海藏日记中累见斯人，日记印成后，常想细读一遍，抽时间为编成一份人名索引，然后于闲览中随时可以收集一点资料存查，究竟力不从心，只是一篇空话。关于《洗冤录》一文，拾遗补阙，读来甚有意味，觉此报此版，独擅胜境，我所见不广，然终以为能与其竞驰之报刊，恐不多见。息影转瞬十年，极少出门，偶至巷口，望衡对宇，辄念足下，排遣为难，略述近状，以当呴濡。即候

起居，未尽十一。

柯拜启　九八年七月一日

水公如面：

十四日，手械奉到，即感冒。越两日始读大作。左邻右舍都有咳嗽声。心想：是流行性的，但我得风气之先而已。服软胶囊两板、同仁堂冲剂一盒、头孢拉定亦两板，昨已止药，内火外烧，鼻孔之下、嘴唇之上有小疱和红斑，去同仁堂、宏仁堂买消炎软膏，均未得，直至永安堂始获，知是蓝青官话吃不开，而非两仁堂备货不足也。决心以后出门带纸笔，以便达意而省脚力。这回走得真有点倦了，或则感冒对八十翁来说已如动一次手术，非朝夕即能复原也欤？

止庵《樗下读庄》已交稿，据说年底或可出书。"证诗"九月交稿，出书恐当在明夏了。诂子研经，拜服曷已！尊稿所引作者和书名，好些皆是第一次听到，我素来喜欢东翻西翻的，十年索居，新书不复过眼，而旧日或曾款接者乃又一一忘怀，渺若云烟矣。

致邓君书原只是随笔写成的信札，声口宛然，一目了然。《知堂书信》分两编。他在序信中云，下编尺牍部分最可读，我们现在来看那致平伯、废名诸君的小柬，果然觉得赏心悦目。读六朝小赋、七言律诗，那些对偶精工句子，大概都是妙手偶得的神来，所谓流水对是也。拔净胡子苦苦做成的文章，不是不好，而且也会深深打动人心，但想感受云淡风轻的爽适，那就很难办到了。

我笔头颇勤而存稿极少。存稿亦可改为成稿，盖写了若干段落，渐觉意兴萧索，辄复弃去，如此者甚多。平生交友无多，但寄信则极为勤快。戴子钦先生近有来信见告云：所存"文革"以后我的去信，他点检了一遍，得一确数，共一百几十几通，"文革"以前，当有三五百封（他夫人有一次同饭时偶然提起旧事，掩口而笑，指着戴公说：把你的信带来带去，捧进捧出，好像一选"情书"似的），烧掉了。此外，有一位老师先逝了，一位同学病故海外，就这几位统算，寄书必在千通以上，要是当作练笔的文字看，是则平生写作亦在百万字上也。如果在建国后几次政治运动中有人收集，有人揭批，其必死有余辜矣。

但写惯了信，无意间得一恶习，即怕打电话。陈原老人赠书，子明与我每各得一分，子明当日通一话，我则三日致一札——所谓三日，非写作之难，盖计及邮程也。不能也换成电话吗？不能，一换就像无话可说了。

　　研经无暇，不必复信，如兄自诵骏公"惯迟作答"之句，则大慰鄙衷矣。此颂双安！

柯拜　九八年七月廿二日

亲爱的老朋友，大妹子：

大雪节手书于十日奉悉。书中称：《新证》已于本月十八号交稿。"查大雪节为本月七日，想十八号应是上月，非本月也，果然无书不成书。三日前刚把《记胡愈之》看完，亦颇有失校处，以爱罗先珂一章最为突出。称"爱罗先珂二十四岁（一九四一年）到日本"（页一七八），"一九五二年病逝于他的故乡，结束了……六十二个春秋"（页一八二）云云。阅后很想摘报陈公，以备再版挖改，但是颠三倒四少闲情，不知要拖到哪一天。又想，出版社对重印工作也未必安排得很紧凑，似无着急之必要，我不妨留些工夫剥些炒花生，——剥花生两手齐动，这令我甚羡止庵买一包炸丸子装在衣兜里，可以一边嚼着，一边翻书，而且一边走道。

承陈公厚爱，源源赐寄大作，已积存一大摞。虱多不痒，看不过来先且堆着吧。但挂在心头的是一笔情债，又觉得沉重得很，时时缠绵缭绕于梦回之际。晨夕即抽出来翻检一阵。《书话》中《陈寅恪的最后二十年》于首节切实嘉许后，第二节劈头写道："如果书中没有充塞着过多的廉价感叹，那该多好啊。"真是大快人意。接着举例言之，结尾论证明快："一段真实的材料，往往比十段廉价的议论或赞叹更能打动人。"一篇字数无多的评议，写出对作者无量厚爱——"又慈祥，又严厉"（这是《书林漫步》里的一个篇名）。

湖北十堰新华书店印了一份宣传品《书友》（四开一张，可能每月一期），经理来信约稿，我写了些旧事，忽然想起在出版总署时涉及胡愈老的一二琐屑，想凑三五百言，于是化三天时间读此一"记"，看了很动情，却又忘掉自己该如何着笔。想接着读陈公的书，又想读一遍《庄子》（为了止庵），又想想读一遍诗三百（为了水），又想读《晋书》读《南北史》（想的很久了），又丢不下新书（翻《文汇读书周报》不断用红笔圈书），于是老是踌躇，从此搁笔，一心用在读上吧，侭[尽]管也总是读不过来。

叮咛一句：别轮蹄无停了，此间已捞到一头水仙，已经养在盆里了。惟是想念霁光，驰系无已。

谷上　九八年十二月十五日

止庵此书二十七日递到，不觉遂逾两旬。早拟转陈，而因循至于今日，盖踌躇未定奏笺之辞致也。昨拜岁卡，忻感无量，顿忘自咎其懈怠，而以为有同气之求焉。并悟止庵既迂腐又坦诚，面对辄觉有一股赤子胸膈，交谈则不待多言，一字便深会洞彻，手书迳宜代进，不可别样装点，想足下阅后当亦云然。岁前止庵两次来书荐余《宿命的召唤》，嗣两访韬奋中心始得。持归翻看目录，篇篇皆是大幅长辞，不禁却步，闲在案侧，时时忐忑。《栌下读庄》到手即展读《提要》，只觉字字警辟，而止庵先曾责令评说，又彷徨辟易，顾左右而不知所发，遥想水公或因此书字数增于《如面谈》十万言，其已两夕而卒业欤？甚望先授机宜，略通关节，庶几再晤止庵不致瞠目结舌也。范用君十日前曾来电话，问何处可买到《万象》，鄙人乃不知此刊业已问世，对以可向足下叩问，当知端的；范兄续告刊中有鄙人文字，乃恍惚记得三数年前安迪筹创之际似有一稿相付，唯南北东西，究竟如何胡诌，已茫然不能省忆。止庵十日又赐一书，云与安迪握晤，拟遵所嘱，选辑《古今》文字，谅是为新世纪文库谋划。止庵拟向余假此刊，而趑趄其辞一似太相扰烦，其迂真不可及。余迅答一片，嘱其便道见过，即可相付，而遂无嗣响，不悉明片浮沉，抑别有他故。范兄亦不知来电话奉询否乎。安迪抵京，必晤水公，《万象》当有下落。止庵十日来书，一并奉陈，以其深赏解颐也。锺书先生读书，艳称一过成诵；鄙人近年读书，一过忘得精光，其去之速度自忖必超过锺书先生进入之速度，此后殊难继为阅读笔记再缀小文，留此纸笔偶向亲故一吐殷勤，别无施为已尔。敬叩水公双福！

一九九九年元月十九日　柯顿首

水公：

　　《别裁》五首并华笺于廿八日奉到，倏忽之间，遂度五朝，但见漏卮滴沥，而挹注无从，真不知如何卒岁。止庵以《茗边老话》见投，即传尊旨，难道接连的五个日夜我都在挤榨"买书、读书的经历"以及宛转缠绵地怀思吗？也许如此，只是直到此刻只觉得溯洄无从，则惟有按下慢表权替马上回绝吧。止庵《读庄》，至今一篇也没有循诵；收到《万象》，甚喜其别致，只读了沈胜衣一篇；中午重又收到沈郎（多病不胜衣）挂号寄来此刊，检阅此篇，还疑未曾读过，茫然没有头绪。呜呼哀哉！我好像在前信中申说过，自今以往，恐怕惟一著作便是三五日给亲故写一通书札了。至于新书，送来的以及买来的，尽管镇日在案头，长夜在床头，总未认真读完一本。积聚成一堆债，渐渐麻痹，证实了债多不愁的老话。昨从积报中抽出一份来翻看，迎头碰上孙公为《诗经名物新证》所作序言，大有四面楚歌之概。颇忆韩小蕙大编月前之约，谓去党校学习两个月，春节返报社，希为"文荟"属一稿。当时以为春节犹数旬，来信自亦无须即答，而不意由远及近，已在眼下，此稿似须应节令，而该报征订期间一再张扬其为中央一级党报的身份，岂能言不及义？要诌成一则千字文，左思右想，未得中道，不能卜天佑善人，今夕赐一好梦以圆成之否？辽教又寄赠万有文库第三批书来，受之极感惭惶，亦未去信道谢，检阅近世各种，至感兴趣。选了几种出来分置枕畔手边，适止庵来取《古今》，因与言海上有文载道，京下有纪果庵，其《两都集》，情文或少胜《风土小记》也。惜旧藏《中和》已散失（沪寓旧存《风雨谈》一套，柳雨生编，亦颇可看，北来时留沪居，同厢［寓］之友离沪，亦遂散失）。并话及《青鹤》杂志，今殆难求，而走笔至此，想起文研所的图书馆内，容或有之，乃向吾兄推介，邂逅大可游目，毋或交臂失之。信口雌黄，聊托熟不拘迁，即颂时绥。

　　　　　　　　　　　　　　　柯拜　九九年二月二日

水公：

两信先后收到，本想复一电话，以利寄《书屋》之稿早可发出。转念以为何必如此之急，不如略写几句，并可转将《六丑笔记》的序跋附去。此序跋于昨日与《损之腴》同时拜诵，甚奇与尊作似出一手，声应气求，至为心赏。尊作先说止庵的字不好，继又说到文格与之对路，都是家常言语，褒贬皆与毁誉无涉，读来极是亲切本色，实属佳构。赐书三种，至感。久不去韬奋中心，郑译之外两种，闻所未闻。三书装帧设计均极好，令人一见倾心。郑译久欲求之，拟与《罗兰日记》同读（并想再加一本高尔基的《不合时宜》），以资参照。周实约足下写止庵，可谓求仁得仁，识力大可倾仰。此颂俪安。

柯顿首 一九九九年二月二十七日

书趣文丛近购了第五辑的前四种，封底仍旧贯印四语：书中、书里、书外、书人云云。鄙意中、里两字微嫌重叠，搜索枯肠，亦无妙手，勉强凑一个"上"字，如以之代替"中"字，足下是否认为弄巧成拙每下愈况呢？

水公如面：

来书于一月十四日拜奉，此刻再来申说当时的欣喜只恐难以取信了。而且昨天又确实俨乎正经准备好纸笔，却不道拈起那个十一日交寄的邮封来竟然不见笺纸，这又是怎么一回事？折腾到晚饭之后，才在《书屋》朱正一文中间找到，是听子明来说其中纠葛以后权当一枚书签夹存进去的。我终日无所事事，就每天这般七颠八倒地忙乱，甚矣吾衰！

稚甫老人住院后，赐函一通追着一通，每函结尾处是一句老话：盼速复！而年前约两月光景忽断音问，时怀恐惧而无处问讯。突接章文钦贺年卡，称在"告别式"上见到我送去的花圈；为之愕然。首先猜是足下代署联衔的吧？可是又奇怪您怎么一直不曾提起呢——也只得由它去了。

这一次硬着头皮接连用一个星期工夫把《清流传》读了一遍，艰苦备尝，读毕恍同噩梦惊回，依稀仿佛，只有朦胧。"大荣、小纳、端老四"，"小纳是纳同，现任外务部大臣"；"现任外务部待郎廉方"，"还有史良，现任满州总督"；"现任的南京副总督，在张舒和的庭院里表演下流杂剧"；"端方，直隶省巡抚和北方商业监督"；"袁世凯由山东总督转任直隶副总督兼北方商业督办大臣"；"天津港沪银行买办吴桃卿"；以及首任总理衙门大臣"丁文江"等等，令人眼花缭乱。我的两点观感：一是张先生写了序文却未尝寓目译稿；二是南君精通英文但文史分家，互不搭界。而从广告中得悉东方出版的"学斋系列"中亦有此书，于是过立交桥前去光顾，果见另一译本，且后收《张文襄幕府见闻》，于是买回一册，近日正在对照重读，颇疑新译本虽对以上列举的奇谈怪论率加改正，然校对也尚有差错，而且有颇像以南译为蓝本的嫌疑。自笑当年一见倾心之以貌取人。

吴方遗著，先后共得四种矣，只是都还来不及读。看来余生殊无力清还欠债了，思之郁结。敬候时绥！

三月三日　修之

远公：

两函均已奉悉。沈胜衣先后寄来一明片和一纸书，想也有信向兄道谢了吧。沈君是正途出身，以前来信常常道及旧诗词，这回说到对《诗经》的爱好，隔些时便通读一遍。在这样的基础上转向名物考，当不辜负也，引以为慰。今日又得绪源君信，告收到足下寄去的《雀斑记》。我因之想起《论语》里的有酒食先生馔，有事弟子服其劳来，不觉自笑。我真巧于营谋，太爱占便宜了。笑过之后，又深为惭愧。前些日子收到过一位读者的来信（《读书》编辑部转来），告我嚼杨枝一事，《风雨谈》收有《读戒律》一文及之，取出重翻，了无印象。沉思昔年读此书，对文中引述的经文，大概蒙然不解，所以不留影子者，并非记性不好也。如今乃敢托大卖老，岂不惶恐？止庵来信，勉励我勤奋一些，多写一些，而竟引据圣哲：子如不言，则小子何述焉！闻之大惊失色。《孟子》七篇，我在高中三年级国文课中作为课本通读过，曾经成诵，现在亦已疏忘。《论语》我直至"文革"评法批孔时方始通读。此外经传就只有几篇《活叶文选》的见识了。上面申述惭愧、惶恐，远公知我，必不至视作套话也。譬如积薪，后来居上，晚岁始获接足下、止庵以及沈郎，但有欢喜。诸君厚爱，自出于一片诚心，惜贫怜老，不胜感激，但徒知四十九年之非，而伤炳烛之弗及也。自子明兄处借来《中华读书报》，日昨翻阅三月廿二日报道云南人民出版社在此举行座谈会，评价姜亮夫先生学术成就一节，于出席名单中得知远公在座，前者枉过，未荷道及妙绪，颇悬念。旧藏中又检得"历博"一厚本，待足下重临也。顺候起居。

柯拜　五月一日

水公：

　　十八日交邮之件，翌日递到。昨日读了信，甚不安；又读诗，皇皇然也。上午重读讫，只有赞叹！"诗三百，最好是东山"；"诗写怀思，多半悲苦，唯采绿一篇是例外"；"啸，诗凡三见，全部出自女子"。我亦曾蓄意读诗，"蓄"了多年，都是白费。自足下有《别裁》，把一本今注搁在案头，是"预热"一下的意思，结果却是：杂志来了，挤掉本子；报纸来了，又挤掉杂志——报纸还不能细看，手忙脚乱，头昏眼花——纵欲回心转意，凝思壹虑，能做到步武足下，稍具上例面目，略知甘、苦、酸、咸吗？悔之已晚。既然已晚，也就顾不上悔了，依旧逍遥度此盛世遗民的余年吧。"强欲从君无那老"，惟有断章取义割截圣经以自宽了，这就是说，"世界是你们的！"你们，因为还有止庵，还该加上安迪，以及沈郎胜衣（你想必也熟悉他，《万象》创刊号有他的文章）。

　　《别裁》三篇扣存，因为还想再看看，以前也还有扣存的，谅不介意。至于所假李审言集、钱歌川集，则是准备奉缴的，但总想能一口气通读一遍。也是无奈，几年下来，始终朝三暮四，推推搡搡，未能运气成风，自家也惊奇，近四年好像一整本书都不曾过目——不读，于是也就无法杂想，更无法杂写。常想宣告从此搁笔，又还吞吞吐吐，下不了狠心。似曾向止庵透露过，拟借多作书信以当画蛇窗下，即是此意。

　　上月十日归来，闻子明道及会食时尝晤足下，又荷垂询，愀怅无已。一直想写一信去，补当面谈，又复蹉跎至今。刘宾客有咏怀云："将寿补蹉跎"，我必定是错会了意，以为积聚蹉跎的岁月权当寿算，其真意似应举烛晚学，以弥缝少不解事的嬉戏耳，但恐积懒成性，难望改易，叹叹！率复不尽，静候起居。

谷拜　一九九九年五月十九日

水公足下：

八日付邮的惠书，翌日拜受，又得读页背说《七月》佳作，快何如之！我一边循诵，随手将引语加一标记：一诗序，二王安石，三袁金铠，四孙，五陈……皆仅著氏，想前篇已叙及，或者盛名昭彰，凡颂诗者均所熟习，而鄙陋之人始茫然无归矣。末节说神来之笔，称某篇叙事有同妙，篇名仅一采字，乃检诗目一查，计有蘩、蘋、葛、苓、薇、芑、菽、绿共八篇，未暇通览，暂且止观，先修报章。

我曾说：于公、于止庵，但有仰止，岂虚言哉！

上午又查看了张菊香所编年谱，想起岳麓当年整版的广告来，因为过于铺张，竟落得一棍子打死。我曾致函钟君，建议说，不妨不事声张，一本一本零零落落地付印，但尽先出版"战时读本"，盖沦陷地区虽不少，周公著作之流传必不广也。钟君复告云：正拟如此办理——后不果行，殆有重重阻力，不足为外人道也。年前钟君信中提起已编成全集两种，止庵称已见到"分类"本，以为不可取；而别有编年一种，钟君自称此善于彼，然承印者犹未能觅得。想五十年内，终当出书，公必能欣逢其盛，至于目下欲快先睹，自可随时过舍下选取也。

历史博物馆发给我几本图册，不知兄曾见及否，累次奉函匆匆，漏未陈述，窃意足下考核名物，或小有用处，故拟移归尊藏，目如下：《东汉车制复原研究》，《中国古代科技文物展》，《中国通史陈列》，《中国文物精华》。盼暇中一过携取。顺颂双福！

　　　　　　　　　　　　　　祖德上言　一九九九年六月十一日

水公万福千喜！

　　三日得贺卡，欢悦逾恒，急思报奉，而天雪地滑，不可出门投寄，乃迟至今日。同时获止庵惠书，云拟于月内见存，并将邀足下同来，不知能破费工夫否。"契阔谈讌，心念旧恩"，不接言笑，悠悠朝莫。因为从历博又得到两本图册，记得像还有旧藏者，于我真属鸡肋，白占了柜架一截，甚盼驾临能为之稍事洁治也。"两周前曾有一书"，果然"迄今未达"，窃意"超重"不至于让邮局扣留而只会通知补资的，大约是函套不够实严或一侧裂口，画片又格外华美，罗敷未克深藏，见而相悦者众，遂为劫攘欤？然亦惟"归来相怨怒"而已。再者，补锡［赐］贺卡加贴邮花施于"自行剪下"线外，故留有世纪邮戳两枚，自足珍存，但幸而中奖，乃有"剪下无效"之虑矣，然则愿其中乎，不中乎？或者中奖后留此纪念邮戳舍弃兑奖，抑仍恋兹奖额舍弃邮卡乎？敬乞预为为决疑。肃泐，敬贺

岁釐［厘］，并颂双福。

　　　　　　　　　　　　　　谷拜　二千年元月八日

丽雅大妹：

拜受诗扇，迄未申谢，歉何如之！倘若我们两人对换场地，我一定要牵挂是不是收发处出了点岔子了。搁了那么些日子，昨儿忽地想起该有个交待呀，就找那个扇面，居然摸遍了稿件盒子、信封袋、书堆夹缝，到处不见，真邪门，实在是老年痴呆迹象。原来书厨［橱］不打开隔着玻璃也能见到，就在第一格右侧书顶上横放着的相册上搁着。先欣赏那一手簪花妙楷，士别三朝，理当刮目，自与当年见惠的一个折子大不一样了。读诗，查看了高亨《今注》，翻覆几篇，略能成诵，不免又疯颠起来，想：三百零五篇，每天这个样子读它一篇，也无非一个年头呀！真是不自量力。且说此篇五解，大妹选写了四解，这不要紧，但第四解"析其柞薪"叠句，不知缘何省写四字。读此篇我最喜欢的两句是"四牡骈骈，六辔如琴"，简直要手舞足蹈了。

前一日接到沈郎胜衣一通五六页的长信，附有八页藏书记，很想转奉一览，颇惜邮资（他以平邮寄下，实贴邮票计值 3.2 元），那么就姑且抄一段在这里。其全豹如有兴会，待相见面奉：

> 扬之水、诗经、名物，加起来已值"三星"，更何况情怀、见识、学问、文章确是一流——虽久仰此女史，有"心理准备"，但读其述《小雅·斯干》一章，还是有出乎意料的喜悦，学术考据而竟有此等丽雅文笔，令我为之倾倒，随其娓娓言谈登堂入室而不知倦、不觉闷，好好见识了一番远古建筑。其题赠语首先谈到的也就是"文字"，其意可见。

贱名见于后记，惭愧如何！子明告，读书奖纠纷起，曾以电话询范用，范用说，他如投票，一定推选《诗经名物新证》。顺及，叩暑安。

二千年七月三十日　柯顿

丽雅大妹：

接手书忽逾两周，甚愧甚惶，劳梦中久候，歉仄之至。我做梦很少，有时自疑是不是距"至人"之境日见接近乎，却究竟不敢坚信，因为偶然还会做一点。这"一点儿"的梦不用"占"，因为都不昭告来者，悉是旧事重提，醒后但有悲悽。前一时梦到中学临毕业时去杭州应中国银行招考练习生，笔试通过后，领到一份体格检查的通知，如期去医院，那时候的医院与目下大异，无非是院子里门阶前的一小片闲地，一大堆"举子"漫无秩序围在那儿，我也不想挤上前去，看一名大夫面外站在中间，接过通知，量身高体重，随手作了记录，反手把通知连信封越过窗棂搁在室内的一张八仙桌上，可以望见已是乱七八糟一大堆。突然注意到一名"举子"递上的通知略有异状，那位大夫接手后先准备把内件抽出来展看，却抽出一小半即行推回，但仍把带着信封的原件反置室内桌上。我当时机灵得很，眼明手快，发现那份抽出半截信封折叠着的通知夹着两张一元纸币，立即洞晓其意，自己口袋里也还剩有些碎散银子，马上摸出照样的两张，迅速夹到通知函中，轮到我站上磅秤，便面无怍色地把通知递给那位大夫……

第二天很想记此一梦，执笔惘然，是梦中所见的多一些，还是梦回后补足的多一些呢，但不管怎么样，总之有点难受，那时才十七岁，卑污得很了。

以后老想能好好读点书，或稍能养气移性，也终于无成。到历博工作时，曾想发愿读经传，第一部打的主意正是《诗》，不料一年两年，继续虚度，目送飞鸿，一心以为有鸿鹄将至，现在《新证》和《集传》并在案头，你去我来，拿不定先循看《集传》是否妥当点，更不知何时始能卒业。以前看书悉是望文生义，这回还来得及真能探赜一番吗？下午查后记结末"授绥"的出处，化了两小时犹未得，最后想：读完《集传》和《新证》两书后，容能自解，搁下作此答书，恐亦将令大妹长叹息也。

二千年八月廿二日　柯顿首

水公道友：

十三日拜承赐卡，叩谢！未即答，以托人代印旧照延误交下，迄今日始获修复奉寄，惟祈鉴谅。

忆五〇年初夏自上海来北京，忽已半纪。上海是上年解放的，那年戴子钦先生介绍我进同庆钱庄任会计科长，始识潘姐，她是这个钱庄的旧人，其时在任稽核科长，我们两张办公桌紧相面对，遂多笑语。既别，继以书邮，相稔转益，至有婚约。她请假北来，我当时住在新华书店总店的廊房头条宿舍，由办公室开给证明信，持往派出所办理结婚登记，记得时在春节假期中，屈指扣算，明岁春节是我们结婚的五十周年，又值世纪之交，读《新证》后记中"授绥廿载"一语，不胜艳羡，而低眉自愧，别无写处，于是想到去印一帧旧照，借报上座，并志向往之私。迨照片印得，以告潘姐，不意她指说我算错了年份，其实我们结婚是五二年春节的事，要纪念还得延期三百六十天。怎么办，我想也就将错就错吧，毕竟千载难逢，总是眼前实事，但起初想写在照片背面的话自然不得不另行起稿。突然灵感飞来，贤伉俪鸿案相庄，岂非门当户对，皇亲国戚，李唐赵宋，再别无可以攀比的了，谓之"两大家"，的当至极！自以为此大发明甚足夸耀，诚有乐不可支之概。

默思自有生民以来，其能联袂相将踵接于世纪之交者，能有几对几双！譬如积薪，后来居上，贤伉俪更胜愚夫妇，事有固然，理所必至，珍兹鸿宝，幸迎隆遇，百岁长寿，万事大吉！敬贺敬祝。

修之顿首　二千纪岁晚之吉

水公上座：

年初就该写此信，一拖便是半月。湖北十堰的新华书店办了一张小报，曰"书友"，是一张不定期的内刊，即不卖钱的，揣想大约是放在柜台上当保装纸使用的东西。说它不定期，据我收到寄来的样张看，基本上是每月一期，多数出版于二十八日。我也说不清为何如此积极，如今出至廿五期，我竟已发千字文廿一、二篇。语云：笨牛先行，半月来即在为本月的第廿六期奋斗，直到昨晚六点一刻完篇誊清，并当即亲赴东四邮局发出，于是今天可以了写此信的心愿矣。事出有因，乃沈郎胜衣于上年底寄到一信，说拙作扫叶山房中提到宋远女士"录副见示"的伦明《藏书纪事诗》，伦明是他所重的"乡先贤"，故求我将前项"录副"复印一份寄去。此自非难事，只是我翻寻了整整两天，终未找到原件，不知夹存在哪个卷子里了，写信即为求上座暂假当年录存之本一用，复印后保证"原璧归赵"，断不食言，伏望惠予玉成，至为感盼！

《中国古船图谱》一种，三联书店去岁四月出版，编著者为历博研究员，大约馆中购藏若干备作礼品之用。年末有便人为我送馆里分发大米、食油来寓，并发给此书一册。装帧印制均属上乘，但我留之无用，拟即借花献佛，上座考证名物，或偶得于中取资，有便乞过舍一取。

近日见人引述元白先生诗句："读日无多慎购书"，又见宗璞一文："告别阅读"，此皆天人自然之道，但终不能不小有感怆也。

草草不尽，敬叩万福。

柯顿首　二千又一年元月十六日

水公大德：

庚辰小除日，拜奉惠书，愉快感谢至极。沈郎托办的信，是上年十二月廿三日收到的，他写了一封长信，重提伦明佚作，真是喜出望外。想望能得到一份副本入藏，又颇有点"士友言议之际，吻动而不发"的"嗫嚅翁"姿态，写道：如果不好找，需要翻箱倒柜，那就不要麻烦了。而我竟从剪报堆中找出十多年前历博为我投保财产险二千元的保单，却终不见水公录副见示之册，只得转求"系铃人"，幸而当时没有想到上座也可能需要"翻箱倒柜"，也没有转达沈郎顾惜之意，天祐神助，遂得探珠。元旦书红，先答沈郎上年见嘱之信，再合十拜谢上座殷勤周至的"一竿子插到底"的料理。遥想沈郎捧接邮件时之欣喜，日内必有信来赞我移花接木的巧思妙算，岂不快哉！率报数行，愿公同乐一笑，不卜邮局今日是否休假或提早下班，此笺或稍缓一日交邮，谅无碍也。再颂春满乾坤，福盈德门。辛巳元日。柯拜。

《学海遗珠》迟至今日，于老夫真似遗珠矣。子明又再三赞叹《名物考》，此遗珠并当留示之。

水公上座：

　　沈郎寄来《新证》、《别裁》论稿长篇，用其专用笺纸打印，计十七纸，约计近七千字，看了两天，昨日已寄还，用挂号，邮资八元。他寄来的信封与我的同大，但来件邮资则为六元，不知何故如此差异。稍嫌过长，报刊不易消纳，但压缩颇不容易，文情并茂，阅罢亟萌循诵尊著两书的意兴，不仅此也，更愿一识韩荆州焉。他说，他写此是为了"报德"，故字里行间流露的感情甚浓郁也。惠书于十日收到，十三日转寄止庵，犹不详其行脚归来否也。案头皆积存报刊，好像看完一份便续来两份，遂更不能看书了。今午又得范用兄假黄萍荪新书一种，曰《前辈风流》，皆其"晚年所写的名人事迹"，系福建人民出版社去年八月所出书，仅印一千册，如悉数拨交韬奋中心，窃意三个月当能全数销尽，范兄交满天下，不知何处为之寄来，全书四百四十页，读尽恐须十日功，则此心旬内不得驰骛矣。范兄失偶，甚能自制，深出意表。子明兄每与鄙人话及，亦同弟钦叹无已。《书屋》近期刊载碧空楼致程千帆书翰，颇道及阁下，想邀览及。顺闻。敬问

起居。

　　　　　　　　　　　　　　辛巳春分灯下　柯顿首

水公足下：

十日拜承丝绸贺卡，喜幸何似！遍示妻儿，阖室欢腾。封缄不见邮戳，知亲赉到门，未获把臂晤语，自是读写无片隙可乘也。后山居士句云：烦君临问我何堪，剩欲从君十日谈——不意八百年前竟得代言如此，能尽鄙怀纤悉。

前月致书胜衣沈郎，笺有余白，遽以《名物新证》后记结语授绥一辞叩之。久始裁答，仍检索未及。私念出处当在《礼记》，偶过隆福寺中国书店，恰于书案上得白文本，径展昏仪章寻之，果然有此四字。然绥是何物，授仪何似，受之如何处置，皆不解依旧。愿足下他日得暇，别以百十字新证教之，并当转告沈郎。

时于刊尾报头见林非先生大名，借知其专治现当代文学，在社科院文研所领导某一部门，岂非与足下共从游者耶？不知月旦何若，甚欲有所闻知。旧藏有《现代六十家散文札记》、《读书心态录》两种，插架多年，卒卒未尽，偶展《六十家》目录，漫记十数家名字于其侧，窃以为如钱锺书、杨绛伉俪两家，不当无札记也。

赐卡为博物馆珍藏名画，白石自题似是立也用意四字，读之不解，亦以求教（补一言：此卡兼作圣诞贺岁，不另续赐是祷）。

肃谢，不尽所怀，敬叩

双福！

柯拜复　辛巳十月廿九日

水公：

　　南京董宁文君要我"修桥铺路"，他主编一个《开卷》月刊，是"凤凰台读书俱乐部"的当家刊物，他打算寄奉此刊，乞惠短稿"千字文"。此刊颇素雅，我也不知道谁给我牵线的，大约两年来曾寄过三回稿吧。（我另有一份"兼差"，在湖北十堰，那边的新华书店有一份四开小报，每月出一张，也是非卖品，我欠他们的"情"，正在用千字文还"债"。）接来片感奋至极，坦然告知使你"面孔一热"的话，能不心花怒放。去年把一册《后山诗卷》反复读了三遍，至今一句也没有记住。目下仍在重翻，忽然见到卷四"沈侯可更不胜衣"，很诧异，怎么前几回都未经意。可是自信关于"授绥"那个出处，从此再不会忘怀的了。止庵也有一信，见告《书城》要出一辑"自编文集"的专题，责写一篇。收到他的信在收到你的来片九天之后，不知足下已将尊稿寄与安迪了没有？能来得及加署一个我的名字并转交止庵（或即乞安迪迳付《书城》否？）如追之不及，则恳专门代写一则为托！我已眉愁脸苦一周，除"好！好！好！"之外，想不出一句话的搪塞，只盼足下悬手解救了。专恳，至谢！顺候起居。

二千又二年元月四日　柯顿首

水公：

奉缄甚喜，以为沉潜多获，复成新著，启封却是董桥书，而各无一笺，大为意外。董君书曾承安迪见赠三种，蒙公见贻十辑。但记忆殊模胡，因书上无题记，故颇疑皆自公得之。老朽旧书越忘越快，新书越读越慢，上次提到放翁"八十又过二"之句，取《剑南诗稿》查找全篇，但检目录，竟用去两个下午，于六十五卷始查得——自然不免沿途流连，见有类似"读书灯前目几盲"、"眼昏不奈陈编得"、"虽无客共樽中酒，何至僧鸣饭后钟"之属，辄复顾盼。《古今》遭一再退回，日前又捡出《艺文杂志》一种，已函乞止庵收去。承其复允，如日内莅临，拟恳并携《古今》代为纳上。因敝箧留置，实同赘弃，一无用处也。昨日年月日连写，为2002-02-02，百年一遇，而竟以翻查篇目延误，不及当日奉答，借留邮戳于缄面为可惜也。董桥书名下注英文一行，如另加翻译，又可作"童年时代没有诗歌"，则文义似不相当，究当如何理解，恐须读完全书后细为斟酌。上月初取观《永嘉室杂文》数篇，即于致止庵函中盛称之，止庵云未知有此种，拟访诸书市。我原准备以十日尽此小册，岂意至月尾犹余五十页，而意趣大不如初，此诚老态之颓唐，夫复何言！明日立春，敬祝游丝百尺，新蜜千房。不尽——，统乞朗照。

柯顿首

老眼视茫然，时时手一编。未能忘习气，聊复遣余年。

倚枕山窗下，篝灯细雨边。谁应知此味，自结静中缘。

甫田集·观书

水公左右：

昨日拜承手片，感篆奚似！待答的缄札，皆搁案头，今早找您的那幀"玉堂柱石"，却怎么也找不见了。以为大概夹在《书屋》或《新文学史料》中间去了吧，两本杂志也存手边，翻了又不见。午休时才见它立在床前书厨〔橱〕里。结果午休不成，拿过来看图认字。玉兰在柱石之前，石之背是牡丹，"什么典？"腹俭，也不敢瞎猜，换了枕侧的《废名文集》，看了《小时读书》，好没来由，忽然有点"悲从中来"似的，于是不想躺在那儿了，起来作此答笺。

上面说到《书屋》，是新寄到的七月号。七月号原本早已寄到，不知它怎么出了差错，在八月号附来一份通知，说正重印中，当再寄，请将已发去的前刊退回，当即照办，自然不免先草草重翻一遍，猜想大约是封二邵燕祥的诗篇招来的麻烦。事隔四月，重印的七月号与一架"豪华透明笔座"一起，以特快专递送到，封二的诗不见了，目次中亦见不到邵公之名。这本旧七月号谅人间当有留存，或者二十年后在《新文学史料》中会有一篇小文章纪此本末，只是其时我已百又三岁，只愁老眼愈为茫然，不能辨认点划耳。

子明翁听从同院所住的一位外科大夫劝告，已手一杖。他与我同是一九一九年出生的，但己未夏历是闰年，遂致他属马而我属羊（算来明年也该手支一杖了）。草草载谢，并颂撰祺！

谷拜　二〇〇二年十二月十二日

城南好酒如春泉，醉榻酒家楼下眠

醒来露重夹衣冷，正见皓月当中天

唤童起步六街去，香荸珍穀青溪边……

水公足下：

我无事忙，就得赶写十一张笺纸，此其一也。上面先录子钦先生来信中一首诗，据他说是同在重庆时，我曾为他写的一首龚自珍的七古。写的纸曾黏在壁上，以后就撕坏了，但他竟记得这么六句，他说，如我有龚集，望把此诗全篇抄给他。

全集我倒是有的，即九、十两辑，我草草翻了两遍，未得。在给沈胜衣写信时就问了他，因他有网友可查询也。四日前接他还云，说专门到一个唤作"闲闲书话"的、多有文史爱好者落脚的网站，发帖子向各路高手求援，竟未有回应者。于是回过头来想叩一下绣户银屏，也许水公偶然在哪儿邂逅接目，存有印象，虽则得之为望外，不得则亦属意中。小女谓明日入伏，故前日有一札寄止庵，阻其远道犯暑见过，亦虑兄考经治史余，尚须料理米盐琐碎，闷热难耐，且迟至交秋后再图良晤为宜，谅止庵当有电话转告也。老朽荒诞，为苦茶老衲翻案，寄《文汇读书周报》，颇有月日，自奋朱公赐通长途，见告它们受过黄牌警告，与编辑部负责人斟酌久之，未敢刊发。退回后我曾转示止庵，止庵不识轻重，竟转送《博览群书》，日前来信说，编辑（与止庵交识者）两次编发，"负责人"两次抽下，而云"不知何故"。我因之倒转想俟天气转凉后稍稍安排闲空，索把千字短稿翻成长篇，把原先"半吞"的口沫一起"全吐"，是否能为我佛见容否，此是后话，未必赋得成闲情也。忽然想起安迪，以前给他去信均寄《文汇》"经济部"，他究竟是哪个部的？水公知其端的乎？

〇三年七月十五日　德拜祝

吉祥安乐。

水公道鉴：

沈郎胜衣八月九日寄赠近影一帧，展遮阳伞，含笑独立于万绿丛中，前右盖一古木，唯见主干似白梧桐，其笺中称：

> 人生哀乐相间，是以附寄的相片还能笑得出来。都是前几天去找寻本邑的莞香树，与其合影；因扬之水写古代香事文，问起东莞亦产香，我便拍了些照片。找了些资料给她，略为小邑长物作推广介绍耳。——希望不久后能成进京之行，当面请益。
>
> 九月……

十月再得特快寄到旧版《书边杂写》，启封愕然，及见夹存之笺，乃谓：现在可为您拆封而见自己旧著的疑惑揭谜了：我拟于国庆假期携家人往京一游，中间将抽时间登门请安，一慰久盼；书生之意，未能免俗，想携此书请您写几句话，待我在趋庭拜谒时再取回。扬之水处我亦同样处理，只不知她赏不赏面……

《读书》九月号已刊《芳香静燃的时间》，其尚有续编欤？又于十二期《万象》拜读《西门庆的书房》，仰往之至——自是钦挹清辞，而非羡慕文中的西门公也。

只记着来信中说到曾与止庵约数番拟见访之言，浑忘"月前做了一个小小的手术"事，竚待面晤，及读沈郎来函，始重读华笺，则"手术"一语之下俨然手划红线，而竟未报候一纸，可谓失礼已极，幸炎暑已退，凉风飒来，哲人天相，佳作迭见，谅玉体安康也。顷复沈郎，告水公慷爽不减须眉，则必将携尊著趋前求题，敬补陈此情，足下暇中如得题识佳句，其能分惠数行，令老朽借花献佛，稍遮颜面，庶免丢丑可乎？此颂百益！

柯顿首　〇三年九月十三日

水公：

旧存百花洲文库八四年版《宋诗精华录》，二十年未尝循诵。近日检置枕侧，偶早醒一展卷，见卷二选录孔平仲六首，其第一首五古，题曰：代小子广孙寄翁翁。全篇如下：

> 爹爹来密州，再岁得两子。牙儿秀且厚，郑郑已生齿。翁翁尚未见，既见想欢喜。广孙读书多，写字辄两纸。三三足精神，大安能步履。翁翁虽旧识，伎俩非昔比。何时得团聚，尽使罗拜跪。婆婆到辇下，翁翁在省里。大婆八十五，寝膳近何似？爹爹与奶奶，无日不思尔。每到时节佳，或对饮食美。一一俱上心，归期当屈指。昨日又开炉，连天北风起。饮阑却萧条，举目数千里。

大安想是状辞，非人名也。（弟如此理会有误否？）先有两子，长曰广孙，次曰三三。新添两子，一名牙儿，一名郑郑。

读之欢喜不尽。起床后查钱氏《宋诗选注》，则仅选有七言律绝各一篇，与陈衍去取全异，但钱选有对作者的评介，称：当时把他和他哥哥文仲、武仲跟苏轼、苏辙并称，所谓二苏三孔。他的诗比两位哥哥的好，很近苏轼的风格。鄙意"尽使罗拜跪"、"饮阑却萧条"两句，小似有疵，是"爹爹"说话，非广孙口吻也。

安迪久不通问，不知老人安吉否。读《文汇报》，甚羡刘绪源经营新书摘，更钦安迪主撰"学林"，此版版面设计疏朗悦目，我向子明兄假阅，得此版即迳行剪存，盖渠先曾允诺也。只是目力不胜，阅读进度极慢，今日方读毕上月十六日报，而十六日报因有学林、笔会、讲演三版皆通读，乃化两日功夫。止庵前曾告开始读《全唐诗》，我亦极有此意，然迟迟未敢动手。《暮年上娱》开读已一月，方读毕两年，全书六百页，才占十分一耳。此书系胜衣自网上书店求得见惠，排校未精，疑惑原件或无标点，因亦似有误也。

止庵卅一日下午携知堂希腊译本两种见过，云另有他约，置书即行，兄上午嘱留交之书亦已付之。止庵前云有知堂《晚年书信》的复本拟移赠，并云兄自我处取去的王稼句一书，他要代你璧还我，却均未带来，我对《晚年书信》至为悬切，生怕被捷足者得去，因叶、俞的《暮年上娱》虽读得甚慢而深感情味悠长也。

以上悉是闲话，另外则确有一掌"正经"，则是谭宗远来信问阁下的电话号码，他仍在朝阳区文化馆，如今方主办一本"内刊"曰《芳草地》，拟转载《清泉》五期上的尊作，要征求你的意见。我不善言辞，怕打电话，故手头所留通信录小册，悉未记存这一档，只得复信以尊址和邮编告之，他提及十一月底将应董宁文之约赴宁参加一次"内刊"座谈会，时已月尾，不知尚有余隙与阁下通候否，此君曾在《人民日报》副刊写短文评论"情趣"拙作，承兄代向李晖［辉］查问到他的下落，近年亦已相忘江湖。《芳草地》出世，他试寄一册问路，我得书后以《万象》和《清泉》的复本报之，遂又引出"转载"的新议题。当然这样转载与阿泉编我的"答问"收作附录情形不同，且宗远别具高致，所编《芳草地》想当随函呈教，版面设计至雅淡，我看了几篇，以为校对质量堪推首座，已胜过上面提到的文汇·笔会、文［学］林等专刊（弟所见内刊校对最粗糙的应是《书友》，大约并无专人负责）。谭君亦约弟写稿，弟答以新近已致信向《书友》请假，自非自兹"封笔"，但"壮不如人"，亦不敢遽尔应承，如偶有自娱笔墨，甚乐借之"告存"，寄乞教正也。草草，顺颂

双吉！

修之上启　〇三年十二月三日

水兄足下：

有修水刘经富者，专治"陈学"，原在县文化广播电视局任副局长，承周一良先生为之推介，似于去岁调到南昌大学执教。曾有函致余，嘱为先容于左右。敬附去原函，乞赐览存记。前日十堰王成勇、李传新两君见过，拟访足下并止庵，弟即以尊处电话告之，未详已荷接待否。盖为《书友》约稿。胜衣在东莞网上曾与联系，不卜兄和止庵亦皆获讯否。又有《日记报》责编于晓明君岁暮来函，过新年将缔连理，嘱为写字一纸以贺，弟纸笔砚墨俱缺，更无印泥，素未习字，解放后只使唤一支英雄牌自来水笔，实在无法招架，思虑再三，答复一信，据实陈辞，云交遊之中仅有扬之水能写簪花小楷，有张中老《负暄》之记作证，俟乘间代求一帧以代。此事至乞惠允，但也不必赶急，若素昔挥洒有庋存架上者最妙，则任选一件，补题上款赐下，否则望假日得暇为写小幅，弟意有两张红八行笺大小，也就可以了，至祷至感。谅能俯如所请也。月前偶在报刊中见有引《韩诗外传》云："好一则博，多好则杂也，非博也。"旧藏有此书《集释》一册，系许维遹撰本，取出检索，翻了两个多星期，还只翻到卷三第七章，且只草草过眼，全书十卷，不如何时始克竟卷，更谈不上稍加推敲矣。此笺第三行所谓"前日"，指的是本月九日，写此信时因雪后地滑，不便出门，遂暂搁置，此刻虽草草填满一纸，而又大风降温，或可交小女代投邮筒，年去人老，顺天之则，春节在迩，敬祝潭安。

祖德上言 〇四年元月十二日

雅兄足下：

午间得手教，读之滋慰，有以可告无罪于黄老总矣，但还是要首先麻烦您，条陈如下：

（一）在原来的版面上，先由《书友》编辑部署名，作一小启，略云："谷林翁入猴年八十五矣，五年多来已与本报的读者结为素友，彼此不能去怀。月前来函要求'给假'，我们处于两难，焉得坚拒，如何强留？忽然想到翁以前寄稿时每附小柬，倘从书友中扩大征求，必有若干书翰，可供赏览，亦足略慰晨夕。遂自本期起，辟一专栏，径题'谷林书翰'，尚望有更多的读者惠予协助，相继选送为荷。"

（二）小启约百余字，空行后即用标题四字，以下即照昔载"鳞鸿"格式"一致扬之水两通"，依次称"其一"、"其二"。

（三）我的字小，又草率，如复印寄给编辑部，恐排校很难辨认，拟劳烦用有格稿纸代抄一份寄去，兄手脚"麻利"，有中行翁文章作证，我则熟不拘礼，率尔相乞，只是适当止庵逼稿之际，又穿插这么件勾当，自不能不说一声道歉。

（四）此后续选，如兄发现"不足为外人道"者，即可径删，亦不必加上删节号。另外如有我们间的专用术语，笺末还可添作简注。此次第一笺甚愿兄加注一句"陈原老人某年突患心血管病，住院迄今，犹未恢复言语功能"云云。

以上统谓之"不情之请"，叩头叩头！

刘经富通讯地址重述如下：[略]

敬颂时绥！

柯顿首　二〇〇四年一月十六日

兄如实在发付不开，即以原并此笺径寄黄老总亦无妨，但将此一行裁去，并录出刘君地址。

水公：

　　入甲申年没有碰到好运气，收到的贺岁卡中，邮局发行的那种有奖的，积得九张，到头连一个末尾也未到手；倒是感冒了一阵，高烧超过三十九度。连夜由女儿伴着去协和急诊，定名为"病毒性"，听我们说明已服过家里几种的"清热解毒"常备药，医师认可，并说仍可照服，不另处方。归家后，未见起色，高烧不退，因中医院有熟人，电话联系后继去输液三天，又服汤药五剂，方告无事。我极少出门，这个病毒性感冒也不知从哪儿招沾来的。如今病算已除，但每日去收发室取信拿报，还是改由老伴出马；至于到东四发信，更非女儿莫办。此刻写信，正飐[刮]六七级大风，适逢双休日，女儿急须去婆家，外孙面临"中考"，够她烦的。寄发此信乃是两天以后事，所以我可写几行，歇一阵，慢慢来。六十二期的《书友》谅已看到，手写体的标题，似嫌大了点。正文有两个错字（永嘉室杂文、新蜜千房）。黄老总极为热情，说准备积印成一本书，要我同意由他来担任出版任务。又接沈胜衣来信，他是网友，说黄老总还将此件贴上了网，还说"引来叫好一片"。不免让我吃一惊，很想问问贵公子听到一些什么没有。止庵选得三篇，他略作脚注，故寄来交我转给黄总，我即转去，字数稍多，我问了句能分刊两期否，因之提了关于稿酬的意见：一是免；二是他若坚持要付，则应比我以前供稿减低些，这是依"按劳付酬"的"马克思主义最高原则"办事，所以我还加重语气，补了句"此节不容商量，每期稿酬降低后，分为两份，一份交发信人，一份交收信人——因为收信人要翻箱倒柜，要挑选，要化邮费、复印费等等，费心费力。"黄总虽照办了，但我觉得我不劳而获（也收到汇来八十元，显见并未降低以前的标准），而又很担心收信人不肯收。果然此信如其所虑，提出"留待见面时物归原主"。这里你错用"原主"这个辞，他应是黄总而非谷林，看来止庵和胜衣还会与你采取一致行动，寻思再三，忽悟黄总既有编印成书的雅望，则移作出版成本，实为名正言顺。因此又想拉安迪也插手帮个忙，只不知安迪老大人病况如何，他能匀出一只手来否。如果真要印书，总得有一百封信才能勉强凑就，看来非找子钦先生不可了。戴师母在日曾说过一个笑话，说戴公把我的信，一有警报，就装袋带在身边，像看待"情书"似的，直至文革，方始一炬。前两年戴公又特别来过信，告诉我的信新积了一两百通，已全部交付他的女儿还是外孙女儿了，特别告诉了我一个名字，说她喜欢我写的字。此次为《书友》填空，我不敢去打扰戴公（他今年九十四，有脑血管病），如果真要编印，只得劳动安迪去借取复印，复印费恐为数不少。但我又不免犹预〔豫〕，这应该是"身后事"，殊不必着急。现在还只是为每月一期的《书友》敷衍一下，你选得两通，止庵三通，胜衣尚未定夺，恐亦不能多，这么一来，要敷衍《书友》一年就差额太多，不知尚能努力加"产"否。我前几天给戴公写今年第一信，为了凑《书友》之数，就重抄一份留底（我还不能出门复印），抄了一半，不耐烦（或者是病后颓唐），没有抄完。不免对自己的身体也稍感忐忑，只能听天由命了。较为遗憾的更在于阅读甚受影响，你两万字的大论，我如何担待呢？现在胜衣信尚可缓复，而黄总处则须即去一信，要他留存那一半备作出版费用，自然也还略可放缓。止庵稿要到本月尾始见报。又，胜衣信中已知我抄了旧日记交付止庵的"彼此"，要我寄此刊一份给他，我不记得曾向他先前吐露过，好像也尚未见"彼此"有广告刊出，此又一奇也。即颂

颐安。不具。

二〇〇四年二月十四日　柯拜

水公：

　　廿四日接《日记报》编者于晓明君寄到所著《川上集》一册，揭视赫然题有尊款，疑必有别寄鄙人者误装封套，已在尊处。亟欲通一电话问询，而查鄙人通讯小本未曾录记电话号码，只得按下慢表。不意两日后又得于君封函，内笺末所署为十二日所书，不知邮途缠绕何以如此。兹将寄君之书作印刷品别封另寄，以节邮资。仍以于君信及所附"有女如玉"敬谨寄呈，或当更先印刷件得达尊览。并附告于君通讯地址如下：

　　〔略〕

　　昨同时收到安迪十九日来信，告其尊人病况，近又入院化疗，为之惕然心忧。弟七年前患胃癌，初无痛苦，割治前后一无所觉，术后外科大夫拟为化疗，弟颇虑反应不易承受，即改求中医，未几平复。肺癌情形似较不同。安迪信中谓尊人现年六十五，竟少弟二十年，不知其尚有昆季否，经济情况何似，滋为忧惶。此次信中附来鄙人旧札六通的复印件，此时又劳其烦扰，尤感不安。如安迪兄有需助力之处，乞随时赐告为幸。于君致弟之信即由存兄处，不必退还也。此颂撰祺，匆匆不尽。

　　　　　　　　　　　　　　　　　　谷上　〇四年二月廿七日

　　客辞匆匆，回室稍一归拾，装了口袋的《钱歌川全集》倚在书堆一侧，竟你我都没留意到。好在公不急用，照旧挤在陋室，且待下回分解。交与止庵的旧版苦雨翁诸种，也遗下了《谈虎集》的下卷，还有港版的《回想录》一卷本（是再版本，即抽换过插叶书简的那种）。因我的通信录中未录电话号码，只得作一片，并乞劳神代达止庵为叩！

丽公无恙！至念切也。但此刻不暇抒怀，而有一琐事求托，敢以奉扰。起因是女儿的电话月卡有余额，将届期，老伴遂于晚饭后与其居歇浦的旧同事通话，互问安好，又彼此问候家人情况既毕，老伴回头顾我，搜寻话头，我又忽然想起年前此君伉俪来京时曾过舍间便饭，闻其饭后拟去书市买《傅雷家书》，称此为"必读之书"。寒斋时有该书一至三版各一册，当日不知何故吝啬，深藏若虚，并未露底，不介一辞；这回却向老伴重提旧事："且问上次所说的必读书已得否"，哦，"犹未得也。不打紧，我家旧存三册，当以一册复本交邮寄去"，又接连说了两遍"不必'谢'！"搁下话机，就在书架上找书，自上至下，从左到右，了不可见。自然是新有添置，纵然新不如故，而入箧〔箧〕置隅，易位避面，虽曰"必读"，也是天命。于是连日硬着头皮：屋角床底，不避尘垢，夏日余炎，作虐威逼，至于破寐失味，苦不堪述。昨夕默想，以为足下尊藏中或倖〔幸〕有此种，或可相借救急，愚夫妇当依然翻箱倒柜，异日当能检出奉赵也。此刻作笺，所虑者惟恐尊藏适缺此种耳，是则"天丧予"也！专肃，且谢且祷，敬颂双福！

柯顿首　甲申处暑

水兄足下：

　　午前雨止，即去收发室看信，深知大雅是个"急性子"。恰巧今天值班的是和蔼可亲的高大姐；招呼我说："是'专门'送了来的！"好不欢喜！福至心灵，老伴正在过道上点炉子烧菜备餐，我就没叫嚷"书来了"——因为先前就未尝向她提过"告贷"的事。现在倒有点儿心安理得的宁谧，准备也给上海去封信告知实情，"诚信"两字眼下正风起云涌，我辈自当践履凛遵。那位老熟人却也不是喜欢杂览的书蠹，"二十讲"且暂存寒斋，如止庵奉邀结伴来取"答问"拙录（因为清泉呜咽，仿佛六月间已出书，故曰"取"；其实鄙人毫无知闻，正凝眸待"送"也），可以与前回所遗两部六卷同装一袋（容或分装两袋）归赵。月初接胜衣寄来《商报》书评周刊，载有聚焦唐鲁孙；夏初在深圳的姨妹曾寄来《商报》文化广场的跨版专题；深谢反覆鼓吹，惜世界华人大系无从获见全套，时以第九卷为悬望。肃复，不尽所怀，顺祝双福。

　　　　　　　　　　　　　　　　　〇四年八月廿五日　柯拜

　　写了一大堆废话，偏漏掉最要紧的"主题"，是奉告毋庸上网求索也。老惫如此，岂不可叹！

书敬照收，辞奢一字，叩头默谢。

水公砚右：

　　前日收到成勇老总赐寄此种笺纸五十枚，是他据其收藏的《花笺掇英》选出复制而成，极可喜，敬为阁下写陈首幅。惜老恚可叹，落笔便错，令人难堪。十四日刘经富君自江西来京，以其旧作《陈三立一家与庐山》增订为《义宁陈氏与庐山》交由文史出版社印行。持样本过访寒斋，临别慨然，称与阁下联系不上，未及追问，不解究竟，乃记晤会情景，于留赠卷端云：

　　　　刘君适间来访，持赠此种。将别去，询余有"重本"可移赠以为纪念否。旋忆往年见访知某藏有《郭嵩焘诗文集》，盼以相让，并径至外室自揭柜帘从架上检得，令余题识。余颇意外，浑忘有此种存书矣。而刘君兴犹未尽，再返内室，从床前书厨［橱］前取下《傅斯年传》，云久未购得，命一并加题予之。此《传》置亦多年，尝数回翻检，以不甚喜其文辞，迄未竟卷，今日可谓得所。甲申月日，客去记。余步履蹒跚，于其辞不克追送至院门也。

此系刘君第二度见访，三年前尝一相见，情景恍惚似之，或更益率直，亦自启书柜，径取沃丘仲子两种《名人小传》，又陈叔通诗集一薄本，纳入其所负背囊。余大出意外，迟日告知阁下，曾博一笑也。止庵近有一长文，载在《博览群书》八月号，绝佳，读后即交子明兄取证。子明兄璧回时相与击节，顷拟转寄东莞以示胜衣，不知阁下已寓目否，弟则追憾止庵未能于刊出前早日相示也。此承颐安。

〇四年九月十八日　柯顿首

水公足下：

贺卡拜嘉，感叩无量！览妙笔《〈通鉴〉二编》节载史传里漫答"过者不识之或问"哪八个字（"亦自不得，得亦不卖"），遂检中华版《宋书》第八册二二八一页《隐逸传》原文，再读神驰，于是更摘抄两行在赐卡的下端：

桓玄辅晋，桓谦以为卫军参军。时琅邪殷仲文还姑孰，祖送倾朝；谦要弘之同行。答曰：凡祖离送别，必当有情，下官与殷风马不接，无缘扈从。谦贵其言。

似仰望在云天，公遽以比附，怎能相安！

中国书店尝许以千元收购敝藏中华版廿五史（包括《清史稿》），仆虽鄙陋，终未同意。陆文虎记钱锺书回答他问"读书门径"的话是：有些书是研究中国文化的基础书，必读书，他列举的书目，"廿五史"内除前四史只举了三种：《魏书》、《宋书》、《南唐书》。我虽则对"研究"不涉边，也一直想着浏览一番，只是愈懒无状，累日连份《读书周报》也看不完，真难交待！

近得大象社前主编何宝民信，有这么几句话："你的书我最喜欢的是《书边》。之水女士写的，我觉得也可以以美文视之。所以在我编《学者散文》时，二位是必（非）选不可。遗憾的是先是限于阅读范围，后是限于成书时间，而没有选止庵君的大作，是个损失。"这节话犹未向止庵转述，今且先以奉闻。再谢隆情，并颂时绥！

十二月十四晚　柯顿首

水公：

重九手书，十二日即已奉到，转眼遂过霜降。记得握别时曾说要去深圳，循道还拟往晤胜衣，我不知当下有没有告诉你将拜托带书给他，总之都剩一片浑沌。结果，想答复胜衣的信也压下迄未动笔，而公或竟南游观览归旋矣。我向画报社邮购的《三叠》，廿二日得寄书五十册，你和胜衣皆犹缺藏，公处究暂留俟再见过时面奉，抑亦交邮寄陈，且少待佳音再定，今日姑写数行先陈几右，还想来得及续写一通寄胜衣慰其悬系也。我去北航，是暂时借住而非迁居，迁居大概尚须一年（卖方允诺）或两年（女儿夫妇的估计）。女儿已交付了订金，听说所订之处已着手平了地并砌有尺把高了，地名我说不上，或者尚未定名，好像在四环，我也不详东西南北也。总之是女儿极嫌此处生活太不便利（此一节我自然同样感受到的），至于我安土重迁的情绪则是女儿所不理会的。来书欲言又止，真是缠绵婉转，两心咸通。二十岁前从什么地方看到过一首诗，夜来忽然想起其中两句云："自有离愁如乱丝，今朝况是送归时。"题目和作者统想不起了，诗意也似懂非懂，未能切解深悟，但余一段迷离。再过两年，仆遂米寿，究竟将如何领略新居的种种方便，且待下回分解软。书，止庵挑选了一批去，胜衣来时只选了廿二种，大概行囊亦殊未便，如今架上极为零乱，拣取殊麻烦，恐能入尊目者已极难得，但渴愿后日能想到良夕清宵有一卷在公几畴，印公手模之慰也。率颂安康，不尽百一。

柯顿 二千又五年十月廿五日

水公足下：

　　初九手书越两日始得，劈头四字"深圳归来"，终不悉绕道去东莞未也。我留着个口袋装着些琐杂，原以为吾公行前当见过，久候不闻跫音，始取出两册《三叠》分寄阁下和胜衣，另有一叠非印刷品再以挂号交邮续寄东莞，所费约当一斤无糖点心的代价。

　　读手书悲欣交作，胜衣也有复信，并告他先已买了一册，读过了，还不怕重复，也有熟人要送。又写了文章且一稿两投。我的小兄弟在大连，搞建筑的，今年六十六岁，退休了，另外找了份工作，大概颇有点私蓄，听说我要买房，几番给我女儿挂电话，问缺钱否。其热忱自亦可感，报以秀才人情：年初寄过他《淡墨痕》，此次又补寄了《三叠》，他两次都复了信，先一封说：下班饭罢，取出才看了数行，只觉得眼皮重，只得放下书本上床。后一封则只有一句话："有道是隔行如隔山。"言简意赅，畅抒胸臆。

　　还收到子钦先生一封信，他写道："我翻了一下，翻见二一八一二一九页上所记的一件大事。事后不久，我去北京，走访尊寓，见令堂老太太及其他家人，亦见失去视觉却有特殊听觉的'谷平'。过后我在写信时称你性格'刚烈'，你还记得否？"

　　戴公今年约有来信十通，每通均有两三纸，并分两三日写成。此信仅有一纸，他今年九十三了，六十年前初相见，我自然视之为前辈，如今相顾则直可谓白头偕老了。这次来信末尾是这么一节话：湖北有《书友》寄我，累计已得廿一份。夕阳在山，业已在家庭范围安排后事，所以在上月十二日函请成勇停寄了。

　　他此信先足下来信四日收到，我犹未复，需要些时间定神。

　　公垂注梁书，且换个话头另写几句。

　　安迪来信也先有问及，我向他说过：《万象》的高稿酬，对我极富诱惑力。惜乎识君太迟，自伤才尽。这回用了一个多月时间，总算凑成了篇，抄了三张稿纸，重看一遍，以为见不得人（何况安迪！），故不拟寄陈（或当勉强用以应付久拖所欠某一"民间书声"的老债）。安迪复信说：既已写出，何妨寄来一看，或许可以提些意见，供你参考。于是老着面皮寄了给他。他终于没有"意见"还复，我当然更不着急，倒是略有醒悟，认为此稿如只写六七百字，庶几稍堪入目。当初最让我动心的乃是梁公的斋名两个篆字（𩚁𩠨），我不识，乃查四体和六体的千字文，又自叹未读蒙书，只能逐字对着看，岂仅费力，亦易脱误，结果还是改选《康熙字典》、《辞海》、《辞源》，把食字部、木字部、虫字部三部通读下去，这才读到食字部收有䬹字，注云：饱字古体别写，蠹字一作蝨，这才叫"工到自然成也"。前与公相晤，初谈盖余兴盎然，不觉口角生风，而临文乃琐琐从搬家说起，怎么打柜顶上的纸包端下解开，噜苏一大堆，岂不煞风景，惹心烦？公写名物考证，谅必深解这段因果也。虽然把此节补陈完卷，犹未能尽释戴公夕阳在山横梗胸臆之疼，奈何奈何！

柯顿　二○○五年十一月十六日

水公足下：

　　胜衣寄我《领悟书扉上的行色》，其中有云："这次在京还拜会了两位神交已久的文史界大家（也是谷林先生的好友）：扬之水，文风温柔婉雅，人却干练敏捷；止庵，文风枯冷节制，人却热情健谈。"胜衣来京，先到我处一转，后来回去，未曾再晤。读此节已是十二月十日，估计你犹未曾见到，一直想转告，迄未得间。

　　中行先生的《流年碎影》，买来多年，书太厚，迄未展阅，忽然想起，取出来翻一下，果然在六八八页上找到你我脚印。不知公曾一览全袟否也。张先生大我十岁，今年是九十六了，似亦已搁笔，久未见其露面，与公犹通音问乎？

　　有一位书法家赵龙江，尝与谭宗远偕过寒舍，十月半赵君独来，携赠自牧题赠的《三清集》。自牧在《日记报》上职衔是"主编"，在他下边则是于晓明，职衔却是"执行主编"。于君与我通问略先，近从石家庄来信，附有一张名片，荣任《东方名流》杂志社总编辑。旋又寄来一份约稿信，说即将出版的杂志叫"书脉"，阅后一头雾水，自然我也无脉可按。这回自牧亲自出场了，再寄我一本《三清集》，不但有题签，还加钤了两颗（朱文三清集、白文淡庐）的印章，惜印泥色泽稍浅耳。他年方五十，大约业务繁重，遂致失记。我复信道谢，并云：复本既荷题签，不合退奉，鄙人拟另缀识语，转赠素交同心例如"文史界大家"扬公其人者。又承复信"欣然同意"。此书刻犹暂留，因迁居大约尚有两三月，兄必有机缘续降旧舍相晤也。

　　赐寄《书房花木·跋》，诚哉"温柔婉雅"——（"赐寄"者恐非阁下，实系胜衣，没有及时裁复，隔了这么几天也就记忆不清了）。自然《新京报》上"漫读·开栏语"一篇，确系吾公所赐，记忆极为清醒，慧远笔墨，也果然"温柔婉雅"，三复不倦，喜上眉梢，重荷嘘拂，感幸万千！

　　写到这里，重阅"乙酉十月十八"打印的画笺，"倒是自己先笑了"！

明明白白说我有"点铁成金"的魔指，却不道记性消蚀已尽，魔指并未化出，抬眼只看到我公仅以"大半日"轻呵一口气，竟得七百言锦绣文章！我则在先期捧接华卡之日，同时得成勇从武汉打来的电话，说已得第一把手俞允，元旦前后将创刊"崇文"杂志，令老朽照旧支持，字数不限，交稿火急。次日又收到他先已寄来的信件，为此几致眠食俱废。两承惠笺，迄未奉谢，亦缘此故。延至今日，一字未成，忽然憬悟，何不借口老病，宽限一月——且待春暖，或可回黄——此虽托辞，仍是自勉，首先要力争做到每月看完一本书，这才能煮出一盅面糊，或三百字，或五百字，聊以敷衍，而厚颜当做"今世说"也。

　　诳语"老病"，一实一虚。我看子明，亦若龙钟日甚，在我处小坐，起立时辄若须挣扎一番。我主要则是健忘，写信给老朋友，不愁丢脸，任意下笔，不查字书，而勉强缀文，就要不断翻查复核，因此亦大败意趣。满架杂乱，想找一本旧书翻，四顾不能得。以上胡扯乱弹，也许原先曾真有些什么要奉告、想请教，却俱已忘怀——总算想到一句，是女儿决定搬家且待寒冬过尽安排，我遂松了一口气，得写成此两纸芜笺也。敬申新岁之祝，伏维俪祺。

柯顿首　五年十二月二十日

　　剪报收到，作者的名字曾见于《书边杂写》的附录，当是公（抑安迪）收进去的。当时我打听到他的下落，却没有接上头。再承嘘拂，不胜惶愧。搬场虽暂搁置，但平静却未恢复，读写都已抛荒。今寄此种，书固未尝寓目，颇疑于公未必有用，不过借之写片语而赖去一笔信债耳。敬叩岁禧。五年十二月廿二日。

　　钤印：柯（朱文）

　　[此原题在先生转赠之《三清集》末，本当与书一起留存，然书名三清，内容却实在与之相反，真不知该如何插架，只好剪下"片语"，存此"三清"之外的清。（扬之水批注）]

水公：

承印赠尚珂刊在《深圳商报》一文，右侧留白约三之二，公以簪花妙笔缀写八行，布局之美，无辞能宣，遂展布案头，用畅观览，忽忽兼旬。日前"小兄弟"荆时光突然来信询尊址，说他附庸风雅，打算渎乞法挥，我未加阻拦（他比我的外孙只大了五六岁，难免稍予宽厚），已复告，但说明作细字大费时光（此处不作名字用），须给宽限，但又自抬身价，说："你如直诉是从我处问悉尊址的，水公必不推拒。"不悉已接到他的奉函否？黄成勇在武汉办《崇文》，创刊号载有荆小弟《走进潘家园》一文，想公当已见及（我也是收到赠刊才见及，成勇处未尝先容），旷怀当能垂青。上海一位老友日前与我通话时提到《万象》，云在邮局订阅已久，向来皆月初收到，今年第一期至今未得，不知何故。当下我茫然未觉，以为我似已收到了的，等放下话筒，查架上果仅止于年终号。今岁如因长假将岁首两期改并为合刊，亦当露面矣，岂有何等变故，吾公亦曾闻安迪道及否。止庵交了一位腻友，已相晤多次。第一次见面时，我请她写告姓名，但如今只记得芳名"一虹"，却把姓氏忘却，又不便再问，也仅能向您叩询了。明日元宵，谨贺阖府欢庆。

德拜　丙戌穀旦

水公几右：

　　大札奉诵，不悉如何"下载"，尊处尚有留底否？首行"读书过刊"当是"读过书刊"误倒；第五节"室前导写字台"，"晤谈到时候"之导、到两字不可解；文中引号不论单双俱反向：何以若是？（尚有失校不尽举）黄总抵武汉，《崇文》出世，创刊号有记潘家园一文，作者荆时光是我的一位年青朋友，在《光明日报》工作，不详他担负什么工作，他说报社待遇颇优，似乎很乐意逛荣宝斋。刚得其寄赠此种八行笺八张，因写一页陈阅，用硬笔书，较之公挥洒研墨，自较省力，但风致自不可及。绿窗大作，似未见入集，仆则深沾光宠，感惭奚似。尊处满院花开，仆则冬衣依旧也。中华来电话问账号，即以历博工资账号答之，想已转账，容当有单据另行寄来。敬谢一言胜如九鼎。

　　　　　　　　　　　　　　　　　　六年五月廿一　柯叩

水公足下：

赐卡于六日拜承，叩谢，稽答两日，至歉。惠题《珠玉词·诉衷情》三句，又于末句缀批曰："共易作独，是不是更好？"斟酌良久，沉吟不决，但补写十个字在后边："相见亦无事，不来常忆君。"下一天乃在卡右侧抄了宋人王观的《红芍药》前阕云："人生百岁，七十稀少。更除十年孩童小，又十年昏老。都来五十载，一半被睡魔分了。那二十五载之中，宁无些个烦恼？"

究竟有一些啥子烦恼？到头来依旧虚实不清。不逛书店很有几个年头了，箱底留着两部大书，是早先准备着娱老的，一部是《二十四史》，一部是《全唐诗》。从五七干校回到北京城，除开手抄的最高指示，什么都没有了。风闻顾颉刚已任主持人，开始校点廿四史，这回我略知家计苦难，去与老妻求商，说只认定一部，此外一概不收。老妻鉴此真情，慨然应允，而且一句叮咛嘱咐都未添加。

我坚持上下班的徒步运动，每天经过王府井，目不旁视，但新华书店总要去转一下。廿四史就一种种的陆续添齐了。其余翻翻看看，然后还署架上，可是总不免有意外。从无折扣优待的这家老牌书店，那天进门的地方，一个台子展出一部《全唐诗》，只此一部，八折优待。我踌躇片刻，要求他们分两捆结实絷〔扎〕妥，付了款，一手一捆，并不换歇，一直提到家。吃晚饭时老妻也未查问，可能她误以为是廿四史的补编吧。

也许这就把烦恼查究出来了，我的手脚渐不顶事，终于在古稀之年退休，而老眼昏花，如何遨走于留存既久的旧藏呢？说实话，前四史确曾读过两遍。但仅读纪传，未读书志。听说张徽老是统读全史四遍的，每遍需时十年，如决心学此老，无奈生年不满百！现在想压缩到钱老指定的三种南北朝，只怕也得五年功夫吧，而居址未定，至少还须耽误一年才能开始。《全唐》则聊以消闲，把全部中的自寿诗，全部按年排列，抄成一个小本子，看看有无一些儿酬酢之用。这点想法，恰是从尊批的共与独引发的。春花秋实，同根联结，虽非同年同月同日的俪亲，"毋金玉尔音，而有退心！"此花此叶，无不共占清风，焉能独享欤。

昨日止庵、一虹共来寒斋，听止庵说起足下又去广东了，不详又获见什么奇珍异宝。止庵则老母病剧，闻其所述，甚为扼腕，而止庵竟能止能安，为之仰往无已。

新交结了一位年轻朋友，在光明日报社，不详其职司，也还没见过面，大名曰荆时光。他有一个发明，称我为祖德翁或谷翁，似比"先生"为亲切，水公亦能加以推广乎？

此颂双安，幸恕草草。

七年十二月九日　柯敬上言

水公如握：

于《无轨列车》拜阅日记摘抄，为之惊绝。……

以上两行是在接到"嘉平贺新岁""有奖明信片"当下就写的。像是在元宵节日刚过。但写了行末四个字，就再难继辞，这是故弄玄虚应得的后果。昨天把《无轨列车》的文章重读了，梵澄先生的《星花旧影》，是我读过他文章的仅有一篇。虽则常萌收储《奥义书》等全套的心意，但总是畏惮读日无多。日记摘抄关于吃月饼那件事，亦属星花旧影，亲切动人也略似，视其所友，不亦可乎？于是就想赶快把延搁过久的复谢信写出来。

收到贺片，我曾在下侧写上几个字："泥金小字回文句，翠袖红裙今在否。"何时所写，怎么会记此旧句，如今都说不清了。记忆衰退得如此快速，难免又自疑痴呆业已开始。

此次贺片易去上款，应向安迪致意；但保留了下款，文责自负。不过"庄生晓梦迷蝴蝶"，为什么？是由于作者署名早就有一"生"欤？查《辞海》、查《玉谿生诗笺注》，均无所得，只好转叩水公。

新旧两年，我共收到有奖明片十三份，开奖后经老伴核对，无一份中奖，倒也省了烦恼，不然，清雅似足下所赐寄，能硬着心肠交出去兑换成硬番饼吗？

赐片背面有"吉祥如意"四字，较之"万事如意"自胜一层，只是仍不脱徼倖之意。而明片总非私书，且一片所能容纳的几个纵然"泥金小字"，以枉兑两笺答辞，总非公道。

我对邮局不断翻新发行各式片、封、大套子，强调有奖，颇虑其是对社会风气造成不良影响。这说得过分了，我又何尝关心过国计民生。这回是董宁文寄来两本书，用了个特别的大封套，售价三十元，封背号码上盖了个"已兑奖"的戳记，令我大为稀奇。细看才知原来是隔年的封套，废物利用，再度发行，正面右上角加印了一枚邮票图案。看来这些片、封、套想中奖大不易，但邮政机构的推销，同样大不易。

似记王稼句和安迪先后告我止庵有一新作《远书》，以为我必先得。其实久不遇止庵，时念其老母患病，深为牵挂。但《博览群书》上时有其文，我得新刊，总想看一下写作日期，惜此刊各篇均无标示之例。

　　我太过懒散，待复信件积压甚多，今日补写此件，或荷见谅。患感冒已一周，虽不严重，总不太舒服。我步门不出，此遭是为启窗稍早引起的。没有上医院，因为太不方便，现在按女儿摆布，服家中的几种存药。天佑善人，或即能收效，但复谢之辞不免又受此影响，当荷见原也。敬贺

春安！

祖德顿首　八年三月七日

　　（未曾复阅，错漏别字当不少）

水公道席：

《采蓝集》于九月五日拜受，欢悦之至。我有几位书法朋友，如赵龙光、徐重庆、自牧，但我则以为安迪应推首席，但其书名或为画名所掩。此番奉手教，乃代其谦称为"准书法家"，岂因句前有"除我之外"一语耶？公既精经史，长于考证，盛传于海内外，人乃不复数及于此，盖目以为小道无足名也。仆得此书，深爱封面题字，构成素雅的设计，凝眸不急于展阅，容为我公所笑。而展卷得手书，又说"不日即可收到薛原先生寄来的一册良友杂志"，不意迨〔谷林旁批："此末一字不知是何字。"〕今竟月，迄未到手，大约编务琐杂，遂为薛公遗忘欤？但仆目力日益荒损，看说能耐急疾递送，编叶至于八十的《采蓝集》，……

以上十行，写成多日，今天阳光较好，乃到老伴室内续写，发现上面所写，多有错字，也不知该如何改写，只得任它去了。我公往日谓我乡音未改，我的口语，只能听出三五成。今天看我的笔谈，恐依然当年成色也。但忽问及寒斋电话号码，则转觉新鲜，如何又说小朋友们都老了呢？而岁月的残酷独于鄙人额外宽厚呢？〔电话号码略〕，向不保密，只是接听不易。我从坐椅上起立走到话机边，须有耐性等待，最快机声发至第五遍，我才能拿起话机听筒也，所以小女如不在家，往往无人接听。我们两老，她双耳失聪，我则腿脚无力，故渴望捧读吾公细字书。至恐"小朋友"好奇，忽试新声，万一腿软，或有意外，诚困难不易料及者。

上边续写一天，今日决意加工上交。昔贤有云："生老病死，时至即行。"此之谓"安命"。我们一家移寓航校，已逾两年。初来时极爱环境雅洁，我初到第一日，出门便跌了一交，邻右大惊，我则安然无事，便轻松起立，但自此不免稍有戒心，并从此扶杖。现在倒也可释杖缓步。只是今年却大变样了，独坐起立，头晕身摇，起立后不能即刻开步，须稳站片刻。从此也就不再出门，只在三间内室缓缓往还，自谓加强运动，并坚持"保健按摩"。按摩虽至今坚持，漫步乃逐渐递减。初来时曾按住东四原状，上下午各上街一次，每次千步。到此新居，始每日只走一次，而不再出家门却又渐减步数，自七百至五百，再减至三百，今则但"三餐两解"耳。更令人烦恼的是记忆力的不断退化，每日反复问妻、女是何日？星期几？问小女出门去何时回家，能买些邮票回来否，如此等等。看书极少，阖卷已忘，于是只得从头重看。写至此句，大喜过望，乃记起曾向吾公反对辽宁的新万有文库的版面。公不同意我的批评，坚持本薄字小，便于查阅也。此言到此刻不曾忘掉，足证我的记性有时倒犹管用，并不像上边所说的那般悲观——但又想反询吾公依旧坚持旧说否？您是忘却了抑或改变观点了？"小朋友"是否也会随"机"应变呢？

是的，毕竟您依旧是我的"小朋友"，盖记性之外，尚有"悟性"。读大札头节中有"给家中的大、小二李看"，我先懵了好一阵子，终久想明白了，足证尚未痴呆。但接着每天读《采蓝集》，终于攻坚难克，于是傻想倘得薛先生寄到那本杂志，或者能一见倾心乎？直至信末讲到十一月别有新书，竟是《宋元明金银器研究》，呜呼哀哉——这是鲁迅翁的金玉良言，这里只好"呜呼"了。

不过董宁文君所作的描摹并不失真——我们四个人的合影，终究仅有一个白头（可惜止庵代编的书信几叠中没有加入此照，出版社且又忘却此书的重版）。总之，我吃得下，睡得实，大约小女炊艺高强，以往我从未感觉眼下香甜。睡眠亦极香甜，入寐快，早睡早起，深信接待小朋友们，当犹能款款有礼。安迪到此，必能偕公见访——那时如新居已经落成迁入，我亦必将安迪所盼苦雨翁手札检出奉成也。

书不尽意，草草敬叩禫［潭］安，并望著集之馀，能仍有细字书源源见馈也。

稽答拖延，并乞见谅。以上复字亦不重看，公发现错别字，大概不会打我手心，且必能为一笑补正也。

祖德长揖　〇八年十月十一日十七时

丽雅同志：

承转下张放同志惠赠的新书一册，至为欣感。收到已多日，今始复告，歉何如之！我当然丝毫不像怡红公子，却真成了无事忙。两个多月来乱翻了几本书，甚少当意，因之也没有写成新的摘记，但当零杂短工的心还不死，张放同志那一类的厚爱，当然是有力的鼓舞。

我既无才华，又少学问，感谢《读书》接纳我一些补白小品，竟然得以交结几位声气相求的文友。我猜想这中间一定还有您那样的编辑同志代为吹嘘赢来的浮誉虚声，思之惭汗，一旦露馅，则不舞之鹤辱及羊公矣。

顺颂撰祺！

劳祖德上　十一月十日

　　"浅"与"淡"常连缀成词，义亦相近。但我读毕两文，只感到淡，也喜欢。——情深而词淡，最所向慕，却甚难企及。常记得知堂《瓜豆集》中《结缘豆》一篇，可称绝作。其实浅也没有什么不好，不是说"辞达而已矣"吗？"老妪都解"，岂易言哉！

　　远公万福！

谷拜　七月一日

坐不更姓，依旧氏马！但亦当稍稍改其行辈，不宜老大自安，为叔为季可乎？总之，兄所作非复随笔遊记，而是考证名物制度，务必坚守丁是丁、卯是卯也。我于二十年前调工作，曾想从头钻五经，用志不专，因循至今，无能为力矣。此文亦只草草看过，有负厚爱。私心窃愿兄暂置《谈艺录》《管锥编》，而与胡适学术著作相共晨夕，先在辞句上下功夫，力追其流畅条达，使老夫老妪，都解经义，岂不懿欤盛哉！安迪寄来特刊，但中缺五至八期，已函索矣。草草，候丽兄日佳。

柯拜　四月二十九日

丽兄：

此稿成于进院前一日。出院后略加删订，今日方誊抄完毕。"书趣"第一期不知筹印进展如何，第二期亦有眉目否？此稿请您裁夺，或付《读书》，或交《书趣》。文中不过一点儿念旧心情，无甚深意，病后时有那么些向晚景色，非复日丽风和的光影，亦无可如何之事也。二十本样书，已皆题款，其中一册有客前日雨中自湖北来临，即抽出面交，尚存十九本，如辽宁寄书到，大约尚须补题二三十本，或皆须劳兄代为寄送，一一写邮封，亦殊琐烦事也，甚不安。此候起居。

谷上　十四日午刻

远公足下：

　　送书归来，奉手教。读《五指山》恍如五六十年前初读平伯、佩弦美文也。貂尾焉能续，不敢方命，勉强点染数言，略造掩映之势以避过于豁露而已，远未妥适。末引昌谷诗，殊不惬意，腹俭，无可奈何，或不若删去为愈，请斟酌。剪报一片附上，愧此奖借而不能无感，新书印就，颇思能寄致一册。前托代询吴彤兄，乞忆告昔以前书嘱补为题签之贵处同事姓名，亦此意也。丁氏父子藏书票璧还。

　　　　　　　　　　　　　　　　　　　　　十三日午后　谷

　　足下别去，我先写了一封昨天就该写的信，然后展读五叶留稿，饭时读毕。午休后，稍事整顿内务，忽然便三点一刻了，赶紧写几行报命。

　　文章切题，是"散淡春"。诸葛亮自称是"散淡的人"，然则散淡是谦词了，并非奖饰。而散淡甚难，阁下当自知之。

　　此篇颇有沈凤凰笔意。自然并非刻意模范，只是此游偶与湘行相似耳。我如今甚惮行旅，不任舟车之劳，读之以当卧游，殊觉可意。不喜欢仇十洲的金碧楼台而爱赏米家山水的人，未必很少吧。

　　淡墨点染，无事此静坐，可以"思"。所以，这篇文章要慢慢地读，如饮清茶，不是酒。

　　建议加一头一尾。头，是"入话"，是"引首"。交代为何有此番行旅。尾，是"余韵"，譬如说一说对预订回程票的遗憾。

　　远公长寿！

谷上言　廿八日

读至十七叶，戛然中断。足下所留，乃半稿耶？小孙在家，我怕他翻腾过，检点了一下，不像是。急先奉呈，俟命。

远公足下。

谷上　廿七午后

宋远道兄：

今日未谂看花归来否，想百蝶护绕轮蹄也，当又有长篇可赏矣，欣何如之！《后记》凑成，捧呈。篇目排比或尚有颠倒，用字或亦略有改定，且待后话。灾祸梨枣，厚承关爱，生受无以报谢，罪过罪过！即候起居。不尽。

谷上　四月廿二日

远公：

　　拜荷嘉羞之惠，知已安返。安迪即将归去，当犹及握晤。旬余积牍，亟待发付，想周内甚忙碌。尊稿先行奉上，甚盼早日交印。稍暇望以山水花月续记见示也。此候起居。

谷拜　三月十七日

远公真恶作剧，使鄙人再无颜面见人，此后惟有杜门不出耳！

　　我只是想看看闲书消日，并非求学问做研究，偶有会意，记以小文，自鸣其幸遇和欣悦，故读写皆属"计划外"项目，而读更先于写也。如今虽属闲散人员，却每被小孙差遣，转不如"在业"时夜读能集中心思，甚可笑话。近年善忘，拿到书如不是一口气读完，颇难形成一个"结"（"欲读书结"），就更难以命笔了。承嘱写朱自清，殊感厚意，但因之也不敢"轻诺寡信"了。又及。

第一页开头半张，即引《小戎》首章六句之前的"入话"部分最难，又称《诗》，又述《礼》，篇名成堆，专名连绵，将令读者知难而退。我从陈子展《直解》查到一段话，如下：

> 钟惺云："虽是文字艰奥，亦由当时人人晓得车制，即妇人女子，触目冲口，皆能成章。车制不传，而此等语始费解矣。

这段话，言简意明，如引来做此文开端，似极妥当，只略补三两句，即可转入正文（但引首章六句之前，宜加引诗序"美襄公也"云云全文。引诗每句下加注语译，有余冠英的，汪原放的，陈子展的，袁梅的——〔我尚存陈、袁两种〕等等，可酌选）。原来开头几节，改移至文末，所谓水到渠成，读者将它们当结论看，或可减少些艰涩之感了。

书信影印

水公砚右：

　　前日收到成勇老惠赐寄此种笺纸五十枚，是他据其
姊丈为《花笺撷萃》选出剔刷而成，极可喜，故为阁下写陈鄙怀，
惜老眼可叹，涩笔便错，令人难堪。十四日刘经富君自江西来京，
以其旧作《陈三立一家与庐山》增订为《义宁陈氏与庐山》，交由
文史出版社印行，持样本过访空斋，临别悒然，称与阁下联系
不上，未及追问，不辨究竟，乃记晤会情景，于留赠卷端云：

　　　刘君经间来访，持赠此种，惜别去，询余有"童手"可
　　移赠以为纪念否，旋忆往年兄访知余箧有郑葊
　　素功文集，盼以相让，并俟至外室自揭棉帘从架上
　　检得令余惊诧，余欲意外，浑忘有此种在书箧，而刘
　　君觞犹未尽，再返内室，从床前书厨中取下傅斯年传，云
　　久购未得，命一并加题于之。此传置此多年，尝数回翻
　　检，以不甚喜其文辞，迄未竟卷，今日可谓得所。甲申月日，
　　草去记，余多顾瑞珊，干其辞不克追送至院门也。

此系刘君第二度见访，三年前尝一相见，情景恍惚似之，或夹益率
直，兀自启书柜检取洪亮仲子两种名人小传，天陈叔通诗集一薄
本，纳入其所负背囊，余不出声，迟日告知阁下，曾博一笑也，止葊
近有一长文载在博览群书八月号，绝佳，读后即交子明兄取证，
子明兄缴回时相与击节，顷拟转寄东莞以示胜衣，不知阁下已
寓目否，亟附追减止葊未能于刊出前早日相示也，此承顾右。

　　　　　　　　　　　　　零四年九月十八日，杨栀青。

水公足下：

　　贺卡拜嘉，感卯无量。览妙笔《〈通鉴〉二编》半载未修里慢答"过者不识之或问"哪八个字（亦自不得，二亦不要），逐检中华版宋书第八册二二八一页像道的原文，再度神驰，于是更摘抄两行在赐卡以下端：

　　　桓玄辅晋，桓谦以为卫军参军。时瑯邪殷仲文还姑孰，祖送倾朝；谦奥弘之同行。答曰：凡祖离送别，必当有情；下官与脱风马不接，无缘奄从。谦贵其言。

似仰望在云天。公遽以比附，怎能相桑！

　　中国书店尝许以千元收购敬藏中华版廿五史（包括清史稿），什虽都值，终未同意。陆文虎记钱钟书问答他问"读书门径"的话是：有些书是研究中国文化的基础书，必读书，他列举的书目，"廿五史"内儴萧四史只举了三种：魏书、宋书、南唐书。我虽别对"研究"不涉边，也一直想着流览一番，只是氮赖无状。暑日连份读书周报也看不完，真难交待！

　　近得大象社前主编何宝民信，有这么几句话："你的书我最喜欢的是《书边》。三水女士写的，我觉得也可以以美文视之。所以在我编学者散文时，二位必逃不了。遗憾的是兰是限于阅读范围，后是限于成书时间，而没有选止庵君的大作，是个损失。"这半话犹未向止庵转述，且乞以奉闻。再谢隆情，并颂时绥！

　　　　　　　　十二月十四日晚，杉敝首。

谷林甲申用笺

见 187 页

水公足下：

　　賜卡于六日拜承，叩謝諄谷兩日之歡。裏題珠玉詞·析衷情三句，又于末句綴批曰："共易作獨，是不是更好？"斯翻良久，沉吟不決，但補寫十个字在后边："相見上毛草不来常忆君。"下一天乃在卡右側抄了宋人王觀的〈紅芍藥〉前闋云：人生百岁，七十稀少；更除十年孩童心，又十年昏老。都来五十載，一半被睡魔分了。那二十五载之中，宁无些个烦恼？

　　究竟有一些啥子烦恼？到头来依旧垂髫不清。不遽书庄很有几甲申十年冰了。箱底留着兩部大书，是早先唯看看娱老的，一部是二十四史，一部是全唐诗，从五七干校回到北京城，除开手抄的最高指示，什么都没有了。风闻致訊朋己位主持人.开始搜尽廿四史，这回我略知實对苦難去与老妻求商，说只认定一部，此外一概不收老妻整此真情，慨然应允，而且一句叮咛鸿附都未添加。

　　我坚持上下班的徒步运动，每天经过王府井，只不旁视，但新华书店总要去转一下。廿四史缺一种，以陆续添齐了。其余翻看，此后还署架上，可是总不免有意外。从无折扣优傅选家老邮书庄，哪天进行的地方，一个台子展出一部全唐诗，只此一部，八扣优待，我踌躇片刻，要求人们们分两捆结实裹妥，付了款，一手一捆，并不挟歌，一直提到家，吃晚饭时老妻也未查问，多半她误以为是廿四史的补编吧。

　　也许这减地烦恼查究出来了，我的手脚渐不好其终于在古稀之年退休，而老眼昏花，如何拣

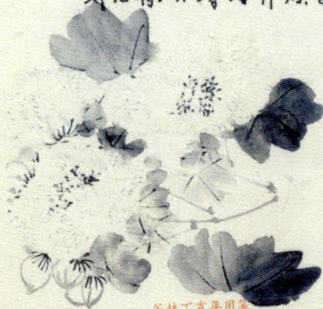

谷林丁亥年周览

见 196 页

是于留存既久的幽藏呢？说实话，前四史确曾读过两遍，但仅读纪传，未读书志。听说张缵老是通读全史四遍的，每遍需时十年，如读心学此老，无奈生年不满百！现在想压缩到钱老指定的三种南北朝，恐怕也得五年功夫吧，而居址未定，至少还须耽误一年才能开始。全唐诗聊以消闲，把全部中的白香诗，全部按年排列，抄成一个小本子，看看有无一些儿酬之用。这点想法，恰是从鲁批的共与独引发的。春花秋实，同根联结，虽非同年同月同日的俩亲，"毋金玉尔音，而有遐心！"此花此叶，无不共上清风，享義独享欤。

昨日止庵一帆共来寒斋，听止庵说起您又去广东了，不详又获见什么奇珍异宝。止庵对老母病剧，闻其所述，至为抚慨，而止庵竟能忍能安，为之仰佳无已。

新交结了一位年轻朋友，在光明日报社，不详其职司，也还没见过面，大名曰萧时光。他有一个笔名，称我为祖德菊蕊老翁，似比"先生"为亲切，难道此点能加以推广么？

此颂双安，率然草草。

七年十二月九日，柯敬上言

谷林丁亥年用笺

见 196-197 页

谷林先生清览：

深圳归来，奉接"三叠"，一夕读竟，中肠之热久好久。于是跑到三联又买下两本，分赠给朋友，并一一附上"推荐信"，其中一句是"此中有着对朋友的君子式的至深之情"。其实这并不是准确而贴切的表达，可我实在想不出恰当的文字，心中之"热"也不知该如何表述。只是觉得想把它长久留住，留驻在心里始终有着的一方净土，而使自己不断修为，不断向着善良和纯粹。

前番拜诊听先生讲"梁"与，但只是一个"得胜头回"，归家后驰书欲得"下回分解"，来书却放下此端另表一枝，则悬念终不得放下。还望先生的"未完待续"别教人等得太追切。

今年一年道路多，读书少。下月还要去闽北，由闽北再往浙南。明年还要精业敛脚，大下的文债已迫不敢清点，未想下笔就慢，又不得好生坐下来，怕是有赖账一途了。〔行路当然也有大收获，但要再回到书案上才行〕

　　恭候

还安！

　　　　　　　　　　　　水生上
　　　　　　　　　　　　乙酉十月初九

　　　　　　　　　　　　12.29 (10)
　　　　　　　　　　　　16 签

见 264 页

제 마음에 따뜻한 봄을 밝혀 주시겠습니까?

바라볼 수 있을때 바라보려 합니다.
나의 이런 따스한 마음이 그대에게 전해지길 바라며
이렇게 불을 하나씩 밝혀 봅니다.
당신도 저의 마음에 불을 밝혀 주시겠습니까?

赵季仁曰：某生平有三愿：一愿识尽世间好人，二愿
读尽世间好书，三愿看尽世间好山水。客曰：尽则安
能，但身到处莫放过耳。

　　　　　《鹤林玉露》，录自说郛续卷四六

　　—— 为谷林先生书

　　　　　[电话中与柳十谈起先生近居
事，不胜惆怅。总觉得一下子远了好
多。心与笑盈。远的时候，你们一年见
几回？想想也是。过去山隔一省两城
闻道的时候，不也是通信多，见面少。
其实今年前更多的只是心的相通。我
说先生为一种人生境界，岂不能至，
心向往之。生平第一愿，则仁仲
先生，诚可谓"身到处莫放过"。我
已践行了。　　　　水生祥　　]

见 265 页

附：扬之水致谷林

谷林先生：

　　接到信稿之时，正是刚刚把第七期稿件交与出版部，以送往工厂之日，大作只好留待第八期了。

　　一定是这个月我频频麻烦先生看稿，却因此而耽误了您自己的写作，念此心中颇觉不安，夜来即得一梦，梦见又向先生请益，而先生提到欲觅一册张伯驹的《丛碧词》，醒来又仿佛觉得实有其事。毕竟是幻是真？竟不能自辨。

　　临纸驰思，不尽欲言。

　　恭候

近祉！

　　　　　　　　　　　　　　　　宋远　壬申梅月十六日，凌晨

谷林先生：

　　手书奉到。

　　昨晚接到张中行先生的电话，问："我要的那本《丛碧词》（前几天在书市上买到的，四块钱一本，还是被水湿了的，铅印）你没有送来呀！"（日间曾送去稿子，未遇）看我有多胡涂！真正是张冠李戴，而且还正儿八经地放到梦里去办了。

　　日前得辛丰年先生书，对先生发在周报上的《剪裁与拼接》发了许多感慨，其实，您正是无意间（也许是有意？）道出了读书的一个秘密，善于剪裁与拼接的，不就是会读书的人么？

　　记得问过您，是否需要周作人译的《卢奇安对话录［集］》，却忘记您是怎样答复的了（我的记忆力极差，脑子里装的七七八八的杂事又太多，请您千万原谅！）前两天在书市见到，就买了两本，一本已经送了想要这本书的朋友，另一本的主人，就记不起是哪一位了，故特烦请先生示下。

　　金性尧先生又寄一稿，是谈知堂的两本书。随稿附一信，其中谈到，他觉得我是一个"温厚的人"。乍读有些惊讶，想想也就明白，这位文载道先生一生坎壈，又目睹多少惨烈，不能不生世态炎凉的感慨。但经他这样一说，反令我痛感惭愧，对舒芜，原是苛责太过了。

　　来书提到《吴芳吉诗选》，我却没有见过，是近年出版的吗？

　　不尽觊缕。恭叩

近安！

　　　　　　　　　　　　　　　　宋远拜上　壬申小满前一夕

（"温厚的人"，若用来称先生，才真是贴切）

谷林先生：

　　刚刚发完第四期稿（周日，加班一天），此刻正所谓"退食从公，委蛇委蛇"，可得几日读书之乐了。

　　近读《左传》读得近乎入迷，一边读，一边编制人名表，七七年上海人民版的《集解》（杜预注），书后附有人名索引，却是以姓氏笔划为序，此番我则按国别，但这样读起来，便很慢。

　　前不久张中行先生打电话来，说正在作《负暄三话》，已完成泰半，拟完稿后，请先生为之作序。又说，很希望先生能为《诗词读写丛话》作评，却不知尊意如何？

　　先生近读何书？有便幸垂法语，以鞭策钝蒙。

　　不缕缕，即候

近祉！

远上　昭阳作噩，正月下浣

谷林先生：

先总奇怪，为什么国人总是好古。如今方有一点点明白，在很古的时候，吾土就有了无比精致的文化！这"精致"二字，出自钱著《国史大纲》，想来是斟酌之后下，当不可轻轻放过。自然春秋已不算古，但若以《左传》算作最早的一部信史，那么春秋时代也可称是脱离了传说时代的"信古"了吧。很难责怪国人为什么有那样强大的惰性力量，怕也是因为古人早已把一切都做得那样"精致"。一部《左传》，已算得精致，若熟谙于此，于中国的后来之种种，不说一通百通，亦可谓"思过半"，正是"念兹在兹，释兹在兹，名言兹在兹，允出兹在兹"，"善"与"恶"，于此并见也。

已经读至定公十四年，将要读竟了。很想一鼓作气，将四书五经一并细读，但只是这样想，未知是否真的能做到。但总之，以四书五经求仕，是一种读法；以四书五经求识，又是一种读法。《左传》之传，早又不知多少，近日间亦翻阅一两种，总以为迂腐之见多；惟清人于鬯所作《香草校书》，于《左传》颇有发明。这部书是早几年在降价书市上买到的，后亦屡见，似乎问津者不多，此公岂但学问淹通，且深解"物理人情"，故每有卓见。

先生其实是熟读诸子的——无论大的文章，还是小的书简，行文中都可见出此等功夫。我想，我的第一个"赶超"对象，就是先生您吧。

作序的事，却不容"抗命"。如此，先生将"得罪"两个人，岂不是太不值得啦？（我越俎代庖，已先代先生一口答允下来，今先为此向先生道三声"死罪"，然后，再次代负翁为请）

《文汇报》果然是两个陆灏，已有著述问世的，为"老陆灏"；那一位"翩翩佳公子"则是通常人们称作"小陆灏"的。近来他正为"凤鸣书店"（见《读书》第一期第一六〇页）奔忙，故将寄报的事忘了大半（今已驰书代为问询）。而我，则也差不多成了他的驻京办事处负责人。

其实我与先生之间，仍只是横了一条"周道如砥"——要到三月一号才迁址呢。

书不尽言（恨不得快谈一日，以罄积衷！）

恭叩

近祉！

远上　二月二十二日风窗下

谷林先生：

我一向以为，电话只可言"事"，写信方可言"情"。虽刚刚放下电话，却觉得多少"情"还放在心里头呢。

这"情"，却是对沈从文先生的。手边一册《抽象的抒情》，有趣极了，有一篇题为《"㼚瓟斝"和"点犀䀉"》，是谈《红楼梦》四十一回"贾宝玉品茶栊翠庵，刘姥姥醉卧怡红院"中，妙玉以佳茗待客所用的两件茶具，读后真教人长见识，如此作注，方见功夫。钱锺书注宋诗，也未以考证名物典章见长，这当是另一门专业了，但若无文心巧思，即一点会心，怕也不能有这样的融会贯通。因此，沈从文先生放弃文学创造而致力于文物考古，固然是小说家的不幸，但对文化事业来说，他的后一种成绩，正是一种极大的收益呢。

方才提到的"干扰"，推想起来，虽琐细，但也有趣吧——是不是能够因此识得不少新器物？

电话中，先生说听不懂福建话，我却举了郑孝胥的例，错了，郑虽闽人，但日记用的，必是"官话"，和福建不福建，不搭界也。于是又连带着想起：那一部日记，问世有望么？

努力将《左传》读完。虽然尚有多少疑惑，但也暂时放过一边，开始读诸子。同时，抽读《史记》《汉书》。前一段眼睛疼，头疼，近日又腰疼，"好好学习"的结果，并未"天天向上"，常常读过即忘。拼命想记住，也还是记不住，真恨死人了！又恨自己读书太晚，如今盛年已过，即采用"填鸭法"，亦收效甚微，只剩得一句"空悲切"了。

言"情"，未能尽意。

恭候

颐安！

远上　癸酉清明次夕

（楷柿楼外，楷未绿，柿却已经抽芽）

谷林先生：

日前友人至自西子湖边，以西湖龙井一罐相赠。可惜我是妙玉所讥之"俗物"，品茗半日，止喝出一个"清"字而已。先生是雅人，至少可知其"清得妙"，就代我消受了罢。如此，方不致辜负"伊人"千里迢迢的一番美意。

难得有个长长的春天，原是双份的"阳春三月"。庭院中，一片灿灿的芍药，花期似也较往年为长，但到底是无可奈何花落去。（我总觉得此处应用分号；但先生似乎以为不必。写信本是随意，只是想到收信人的不苟，便未免踌躇起来，倒像是煞有其事地作文了）好在六月间"楉柿楼"（或依先生，易作柿楉楼）畔的楉树花（马缨花也）就要开起，一直伴我度过长夏呢。

近日在读什么书？若乏消遣之册，我可拣选若干，奉上。

不尽一一。

恭叩

道安！

水上　四月初三

谷林先生：

记得早就讲好《钱歌川文集》用以持赠先生，怎么又"归赵"了呢？

近读"汉家制度"，正史所纪，颇觉疏略，欲求详明，尚须大量搜取旁证。能够找到的，仅有杨鸿年《汉魏制度丛考》，黄绶《两汉行政史手册》，日人大庭脩《秦汉法制史研究》几种，有陈直《汉书新证》、杨树达《汉书窥管》两种，亟思一阅，未知先生手边可有？此近乎"勒索"了，亦可谓恃爱不拘礼吧！

暑热方殷，但日日几点黄昏雨，时送丝缕清气，因不致大苦。揣想尊府窗峥嵘而绿色，湘帘开而留风，左河图，右洛书，凭几而读，真羲皇上人也！

依前例，呈上两叶"脂麻"。

不罄缕缕。

恭叩

道安！

水上　癸酉五月，初伏日，雨窗下

谷林先生：

顷读《共命与长生》，以为犹可续貂，念及屡自朝内大街某宅绿荫深处取得数种"可爱"者，则书主人已预作千秋之后——若不以为这是忌讳之辞的话，因为人人有此刻——的分赠了。不过人言多欲损寿，而先生早是"淡然离言说，悟悦心自足"，具长寿之相，故北墙高卧之时，尚须诗书陪伴，即先生所言"共命"者，又何须亟亟如此？作为受惠者（也可称劫掠者），也每每因此而生愧怍。……

来书言唐鲁孙之"俚语"，其实是地地道道的北京话，在我读来，是感到非常亲切的。我虽属"南蛮"，但自小长在北京，家中的一位老保姆是真正的北京人（或许还是满族，姓炕——至今没听说有第二个人姓这个姓），因此我熟悉了许多北京土语，而先生对此，或许就没有太多的了解了吧。（老沈和白大夫过了大半辈子，也没从这位在旗的太太那里学得一二）。

再呈上两册，供先生慢慢消遣。

恭候

秋安！

水上　癸酉八月，月圆前两日

谷林先生：

手书奉到。

真惭愧，厚厚一册《清寂堂集》，虽到手三个春秋，但始终清寂而已。原说留在先生那里以供慢慢消遣的，今既"归赵"，怕仍旧还它一个清寂——眼下实在还顾不得去与它亲近。

八月到十月，读书很少，文字也一篇不曾作得。十一月开始，突然有了好兴致，将左江之行记了下来，现在刊出一篇（《瞭望》是周刊，故很快就变成铅字了），余下的可能要过些时候，或者，一个月吧。题目旁边特特标出"散文"二字，倒教人很觉得不安了，我从来以为自己不会写、至少是不善于写散文的——那种写景的、抒情的文字，此篇真的是第一回。其实那眼中的景，仍然是不能够写得出来；心中的情，没有多少万卷书的根柢，也还是浮泛得很。这两日重读黄裳的《金陵五记》，以为那才真是散文作手。《五记》中，又当推四十年代的文字为妙品。待到时代一变，人与文，似乎也就都变了。

连日风风雨雨，倏忽已是朔风扑面，总觉得冬天来得忒急，去又拖了长长的尾巴，一年之中，倒像有半年要瑟缩了身子围炉取暖。府上夏荫深深，不知这冬日，可还受得到阳光的抚慰吗？

久矣不往书肆——旧书（古旧书）买不起，新书看不上，实在有些提不起兴趣了（那部《碑传合集》我是早几年托人在古籍社买的七折，更便宜呢）。

纸尽束笔，敬候安好。不一。

水上　癸酉小雪前三日，风窗下
［九三年十一月二十二日复（谷林批注）］

谷林先生：

那日听先生讲起尊府的来历，可恨的是这么快就给忘了。今日坐在案前，想啊想啊，竟无论如何也不能想起一点影子，没有办法，只好拜恳先生再略加叙述——有了白纸黑字，就不会忘啦。

此外，也是那一日，先生曾以一册"某某"持赠小陆灏，这"某某"是什么，如今也一点儿都记不起来了，麻烦先生一并示下，可以吗？（能否对"某某"稍加介绍？）

以这些无谓的小事令先生耗费精神，实在惶愧。时值周日，冬阳斜斜照窗，屋顶上高高低低的残雪与它辉映着，十几只大花喜鹊在庭树上扑楞楞飞上飞下。世界忽然有了那么一份温柔，不由人不有一份好心情。若先生亦同此情，那么，就原谅我的打搅吧。

书不尽言，言不尽意。

恭颂

安好！

水上　癸酉初冬小雪前一夕

谷林先生：

府院沿革，承先生细楷钞蕘，不仅补足失记，且增益倍于前述，快慰之余，犹不免惶愧。

却仍忍不住要利用先生的好心（或曰奖掖后进之仁厚），故又有请益：费行简《近代名人小传》有孙雄传，将此人说得颇不堪，但仅凭这几行文字，尚未能得其种种不堪之详。家藏《蝇尘唱酬集》一册，并从友人处假得《落叶诗》一册，皆为此公所主持的唱酬集，似乎尚不止两种。彼是否特好这样一种雅集？而响应者颇众，且多名流，如王小航、郭则沄、成多禄……书不在手边，一时也记不起。总之，有三二十人之众，不知先生对孙雄其人，是否能够了解得更多一点？

两封来书均提到《清宫词》，我手边有一册枝巢子（夏仁虎）所作《清宫词》，为台湾纯文学出版社版，系海上陆氏公子所惠。这两日不免也拣出来读，但读此，却又须读彼。心里又有一个孙师郑放不下，一通儿心猿意马，或者哪一样也缠不清楚。（先生欲读此册吗？若被先生假去，倒省了我的一番心事）

尊藏有《文廷式年谱》吗？

奉上《高僧传》、《说诗乐趣》各一，权作谢仪。（谢仪的确解是什么？先胡乱拈来用了）

不罄缕缕。

恭候

颐安！

远上　十一月二十七日

（钱萼孙《文芸阁先生年谱》,《同声月刊》,2 卷 11、12 期，42/11—43/1 补正 又第 3 卷 1 期 43/3）

谷林先生：

方拜托子明先生转致两册闲书，忽接收发室通知，云有巨册到，急急下楼，喘吁吁捧回——未知先生是如何搬的来？——开开一看，不觉大惊！记得此前曾特别对先生言道：两汉《补注》与《集解》皆于书市购到；并感叹一回：《汉书补注》原是旧版，价27.50元，降价反成50元！此际揣想先生如何劳苦一日，又如何辛辛苦苦运出来，真是……哎呀，真是不知说什么好了！这样吧，将我买下的两部，转奉先生，外加杨树达的《汉书窥管》一部，正好配套。《三国》则千恩万谢地受领，算是完满这一段书缘，先生以为如何？（沉甸甸的四册，改日送上门去）

于《周报》上拜读大作，真翻翻浊世之佳致，当今恐无人有此手笔。近日苦苦读书，时欲作文，但几篇文章，开了几个头，皆不能写得下去——忽然间找不到对文字的感觉了。先生文笔风流，断非一日之功，教我如何追攀得上？（日前子明先生道驾见过，谓拙笔力追先生；沈公在一旁道：只差那么一点点。我说：天才与愚人，所差也止一点点。但这一点点，却是天堑，怕是终生不能越过）

改岁尚有五十八日——近两个月呢，此间或多有陈说，"三呼"已经呼过了，拜舞留待除夕吧（还有一件小礼物呢）。

〈号外：《读书》明年订数增至五万！（净增一万）〉

水上　癸酉十一月朔

谷林先生：

去年的信，辗转隔岁，今年才收到——已是一月四号了。

这本书，自己真的是不能满意，已作成一篇近乎忏悔的文字，正犹豫着是否寄出去，自然也不敢持以赠友，只因有两位先生在我心中有着特殊的地位，方心里打着鼓地送了去。如此，哪里还敢写字？

中行先生的书，原是指名道姓地拜请先生写序，我却不曾使了金蝉脱壳的计，倒是推波助澜了一下子，且颇以为得意。果然更有得意的事——负翁云，承蒙先生作序，当有一番答谢，因拟于某日在西四柳泉居备一便宴，请先生款移尊步，往彼一叙，我自然是叨陪末座的。近年我已谢绝百分之九十八的应酬，这一回，却是勇而争先，因为并不以此为应酬。难得的两老促膝对坐，难得的两老一馨积怀，或者用某位名人的话说：真正的友谊是不必借助语言的，沉默便好，更何况还有柳泉居的拿手菜——过油肉——助兴，据说有勾魂摄魄之美，如此等等，是志在必行了。

只请先生择个日子——每周二至周五之间的中午，不必黄道吉日，无风无雪即可。

恭候玉音。

远上 一月七日

谷林先生：

　　这是我使用新方法写下的第一封信，说起来这是电脑买来的第三天，我原以为很难很难，是很害着怕的，不料这么快就干起来了。虽然是艰苦万状的，我猜想您一定不喜欢这种形式，但一种新鲜感使我实在无法抑制这种写作的冲动。而第一个想告诉的就是您，其他的原因不说，今日午前相遇于街口，远远望去，先就见到先生健步如飞似盛年，仅此而言，对新事物也不会特别不能接受吧。

　　除夕之夜，没有什么礼物可以奉上，只告诉您，养在蓝磁盆里的水仙秀出了第一枝花，凌波微步，一缕感觉得到却闻不到的清香。没有鞭炮的热门，这静静的清香更能送来一种心底的欢乐。今往府上，立脚未稳便已辞出，未及打量熟悉的房间里是否有了春消息。自然春天未必尽在水仙花里，它也许就藏在先生的微笑中。

　　陆君去意已决，劝也无益，想必另有人所不晓的难处，他说，无论如何节后是要见分晓的了。

　　似乎久未见先生对《读书》发表意见，至少今年以来是如此吧。来书引梅村诗句，这是我曾写给陆君的，竟是与先生同样心境。不过若较起真儿来，我与先生一来一往，大抵还算"两清"。但这封信之后，却是要鹄候玉音了。

　　不罄缕缕，恭叩

新祺！

　　　　　　　　　　　　　　　　　　水上　癸酉除夕夜

谷林先生：

除夕"写"好的信，延至初八才寄出——"现代化"实在大不便，把我的头都气昏了！打字很容易，两天就已掌握指法，速度也不致太慢，就是打印掌握不好，恐怕也是打印机有些欺生。总之，整整折腾了一个星期，才算把它印出来。记得来书曾言及烟画的"教化"之功，今得友人寄下一册翁偶虹《北京话旧》的复印件，其中正有《烟画》一篇，特抽出，呈阅（阅后拜请掷下），或者可以再次勾起一番回忆吧。先生曾说我有考证癖，今天便又要"考证"一回了：先生祖籍是宁波么？是不是清初尚在杭州，后来才迁往宁波？仁和劳氏兄弟（劳权、劳格）是很有名的藏书家，劳格尤其在考证上极有功夫，我总疑心……？又，记得先生曾为大著拟名作"上水船集"，除了字面意思（即"题记"中所说的那番意思）之外，是否另有典故？最近正在为"读书文丛"联系新的出路，若果然成功，则先生近年写成的文字，又可辑成一集，就叫"上水船集"，岂不是好？清晨起来，见庭院中轻烟漫漫，此际却已是大雾弥天，照理，一会儿会大晴的。

远上　二月十九日

（那本"读书记"，承先生两番嘱题，实在不好意思，胡乱写了几句。奉上，以换回先头那一本"白文"的）

谷林先生：

为一句"红上莲花白氎经"，读书读昏了头。先看叶著，原来书名号是校点者打上的，再查佛学辞典，没有这一经，便找白氎，杜诗有"细软青丝履，光明白氎巾"，《读杜心解》引《后汉书》注，于是又找这注，果然有注，却是白叠，想来二字通。此注之下又有他注，讲猿的故事，遂循着线索，去看《水经注》，又追到传奇《白猿传》，……，白氎经终于未得确解，读到白猿故事，却又牵扯了叶榆水，正是我马上要去的大理，心便一下子散了，此刻，正在读《南诏国与唐代西南边疆》，离那张秋月，早已十万八千里。

这两日已将旧稿大体整理一过，就按先生的建议，分作甲乙两编，甲编作"脂麻通鉴"，已写好一则题记，乙编欲作"不贤识小"，但一下子怎么也想不起来这语出何处，先生可否作个提示？

记得先生曾在《周报》上写过两篇关于周二先生的文章，但却忘记存下来，能够借我复制一下吗？

很想拜请先生作序，但想到为负翁的书写序，尚须一番"威逼利诱"，而先生犹有"宁折不弯"之概；又怎么肯，为我？而且，为负翁请，我还有勇气，甚而有点理直气壮；为自己，又怎么敢？

而且，您还可以有许多理由地拒绝，这理由，我闭着眼睛也能替您想出来，或者比您能想出来的还多。可是有一条您非写不可的理由——那天先生当面对我说："知己还有一个，就是某某！"可皇帝的铁券丹书说收回也就收回了，我怎敢担保劳先生的话"一句顶一万句"呢。

见来书提到《艺风堂友朋书札》，便浮上一个依稀印象：先生是否向我借过这部书？而我竟忘了，但细味手札所述，先生似乎又是有了这部书的两个版本，则我的记忆又不可靠了。在先生面前决不敢称老，但无论如何应该说是未老先衰！为此，也常常对自己气恨不已！

真的有点头昏昏然了，这几行字也写得语无伦次。先生每言熟不拘礼，我也就时常放肆一下。先生谅我！

　　不尽——。恭叩

道安！

水上　甲戌正月十八

谷林先生：

感谢您的提示！我把信中的几句话几乎是照抄上去，该算剽窃吧？但总还有个"坦白从宽"。

刘宽见于《后汉书》（中华版八八六页，第四册），本来是觉得先生温仁多恕、大度能容颇与汉贤近似，但后面说到他简略嗜酒，不好盥浴，便无法相比了。先生说自己怠惰懒散，大概是庄子式的悠游散漫，又哪里是真的懒散呢？

诚如先生言，写人要比评书难得多。我喜欢鲁迅的写人，也喜欢温源宁的《剪影》，近读费孝通的《逝者如斯》，也喜欢他的白描。但这些都是大手笔，我是无论如何也学不来的。

《瓦釜集》一册拜受，却实在诚惶诚恐——受之有愧，却之不恭，而又不知如何感谢才好。说一句自己也觉得脸红的话，《瓦釜集》我竟是第一次见（近年可有过重印本么），对半农先生亦了解甚少，所有的一点点印象，似乎全得自《鲁迅全集》，但至今没弄清楚他的晚年究竟做了什么令鲁迅不快的事。看到封四的一行铅字：北京普度寺后巷十号沈讷斋，不知这行字和这本书有什么关系（普度寺正是南池子大街上的一条胡同），扉页上的一枚印亦不知有何来历，更不知先生买书的经过如何，颇想乞得一份"履历表"。（写下这句话，不觉又惶愧起来）。

恭候暑安！

飞上　七月四日

谷林先生：

　　刚刚奉到手书。

　　《槐聚诗存》是送给先生的，我一共买了三本，一自藏；一送辛丰年先生。陆灏处我事先问过，他道不必了，则作罢。我不读诗，不知《槐聚》一编算哪一品——神品、逸品、能品？到手后只匆匆一翻，恰好翻到某叶某诗，诗前小序颇可观，极尽掉书袋之能事，诗却似乎并无深意与厚味——也许是我没读懂。前言结末的几句话，读起来觉得有骂世的意思——大概也是我没读懂，嘲讽世人未免太过。而近年的钱学研究，也的确是学问上鲜有建树，趋奉则过之。

　　近日突然又对北京的史地大感兴趣。居京三十余年，居然把这些现成的趣事轻轻放过，真是太可惜了。看了几种今人写的书（《北京的胡同》、《北京西郊宅园记》、《京西名墓》），觉得可做的事还多着呢。不过，得看好多好多书，我不知这兴趣能保持多久。

　　范老板被自行车撞了，大腿骨折，现在要去探望他，匆匆草此，恭候道安！

飞上　八月三十一日

谷林先生：

奉到手书并大作一件。

今又得海上王勉先生评《郑孝胥日记》一篇，请先生便中一阅，然后赐还（还未呈览主编大人呢，反正今天是周六），惟王先生字迹难辨，恐阅之不易也。

当日与朱维铮先生也有一晤，问起最近读的书，竟也是《郑孝胥日记》！他说这里面提供的材料，很可以证明他对晚清史的许多论点，如当时左右朝政的各种势力中，是有极强的地方派别的。我请他也来写一篇，他说："没时间。"因为既发言，就要求好，求好，则须花力气再去搜索更多的材料。所以"没时间"。

江苏古籍最近出版了《白坚武日记》，这一位是否也算"佳人做贼"？以前我只知道他一星半点的藏书事迹，买了书，才知道他是以汉奸的罪名被枪决的。

草率不尽，恭叩
道安！

飞上　十月二十九日

谷林先生：

大信封一个，收悉。

王勉先生的祖父名王又点，《兼于阁诗话》中有碧栖诗一条。前年春上初晤王先生，他曾以《碧栖诗词》的复印件持赠，后我居然在琉璃厂买到线装一册的《碧栖诗词》，因将此件转奉先生。

前不久与朱维铮先生晤谈，他说，国民党统治下的二七年到三七年，是本世纪中国罕见的、稳定的十年。中国的银本位制实行了五百年，直到三五年，才被废除，代之以法币，而这是一项大举措，有这样的把握与魄力，说明了什么？——这种说法，我是第一次听到，有点似懂非懂。这且不管它，眼下要向先生讨教的是：清顾公燮著《丹午笔记》，崇祯末年钱价条下云：前明，京师钱价，纹银一两，买钱六百，其贵贱在另数。至崇祯十六年，竟卖至二千矣。……有生员蒋臣盛建言用钞，帝决意行之，以乡会中式朱墨卷，与直省文宗岁科解部试牍为钞质之资本。忽报流贼渡河乃止。划线的这一句，读不懂，先生是学经济的，对此一定了若指掌，能用最简捷、最浅易的几句话，讲一讲其中的道理吗？

两年前，曾动念写一本崇祯十六年，后因兴趣多方转移，也就搁下来。日前检点旧篇什，发现当日拟下的一个提纲，忽然又重萌此想。事不宜迟，马上就动作起来，以前已准备了不少材料，现在则须在此基础上大量补充。想想也好笑，和先生谈类似的兴趣与题目，不知有过多少回，但每每不得善终，倒是常常无端地让先生为我累一通，惭愧惭愧！

六号将往郑州，与老沈同行，小陆号［灏］从上海去，为三联越秀书店办讲座（余秋雨讲）。

寒舍已生暖气，可以不寒，想到尊府原是夏日里的清凉世界，这几日却一定倍感阴冷吧？望多多保重！

恭候

道安！

远上 十一月一日

谷林先生：

　　有个计划，已经酝酿月余，读《金瓶梅》是缘起，再读《醒世姻缘传》，又想得更多一点儿。即想编一部中国古代服饰辞典。但多读了几本书，又觉得这工程太浩大，于是想到缩小至明代服饰辞典，内容正不妨承上启下。再读几本书，又觉得辞典太正规，而且就服饰谈服饰意思不是很大，不若作古代服饰趣话，倒可以装进许许多多有趣的东西。先生的"小山"一文已表示了对这方面的强烈兴趣，何不就这一类文字一篇一篇写下去？我的读书习惯与先生颇多相近之处，即很少能就一个题目老老实实读下去，总是枝节旁生，牵牵缠缠，末了竟找不到原始。来书云今后不大能作大文章，那么，就一个大的专题作一系列小文章，如何？我们合作来写这样一本书，好吗？（决没有克期缴文稿的限定）这样，双方都能受到牵制——我不至于跑得太远，先生也不至于因为"惫懒"而再写不成一本书。这也不是一件急功近利的事，一是为了双方共同的兴趣，二是为了纪念这一段难得的缘分。两人的文字风格也不必强求统一，就像缪钺与叶嘉莹的《灵谿说词》，不是挺好？

　　先生先别忙于拒绝，仔细考虑几天。我也是经过深思熟虑的。先生也还得考虑这样一个因素：即拒绝之后，对我是一种怎样的打击。当然，如果完完全全没有兴趣，也就罢了。而根据我的了解，并不是这样的。

　　（或者不限于服饰，包括车舆等名物亦可。总之，前提是我们合作来写一本书。）

　　不尽欲言，祝

好！

远上　一月二十九日

谷林先生：

手书奉到。

现代作家中，能吸引我的太少了。眼下只是死死抱住一部张爱玲，二鲁、一沈，也是喜欢的。还有就是苏青。其余的，几乎没有好好读过什么。钱集，好赖还写过几行介绍的文字呢，可差不多早就把它忘光了。

《都会摩登》因为是借来的，所以从读书到作文，不过费了一日夜的功夫，改却改了个七荤八素。一共请了四个人看，先生是其一，此外则金性尧、辛丰年二先生，再有家先生。先生批改了字句，未就文意作批评。金先生则说"玄了点"，不知作者爱憎何在，主旨何在。辛丰年先生道，如七宝楼台，雕缋满眼，又如同一篇赋，却是横宽纵窄，缺少景深。外子云：散乱，无聊。于是我吸取众家之说，字斟句酌，倒倒颠颠，弄得人都烦死了，也还没能改得满意，只好认定是天分所限，无可如何了。

每次送信上门，收信者总要审视良久，还要作些提问，诸如你认识他吗？是不是讲好的呀？里面什么东西呀？固然认真负责之至，却也不是总有回答问题的兴趣，索性奢侈一下，交由信使投送吧。

恭候

道安！

远上　乙亥二月朔

（原以为先生交往不多，但听了一百本的数字不免有点惊讶，却是知交很不少啊。可《郑孝胥日记》为什么只买六部呢？又有点担心，是不是持赠友人时要说，这是我的最后一本书？可千万别介！先生写作的日子还长着呢。去年大约是"小年"，"小年"过后，必是"大年"。）

谷林先生：

今往编辑部，奉到手书一件——昨天已经接到"预告"了。

因为吴向中正好在，信中对他有褒扬之辞，便给他看了，他惊讶万分，说："劳先生居然能这么仔细地读你的文章！"我告诉他："这才叫跟我好呢，天底下我也只碰到两位。"（另一位是辛丰年先生）真的，这是人生中难得的幸福与快乐。

关于叙述语言，的确是头一件令人发愁的事。我力求写得明确和传神，实际上却做不到，不过还有一个主要原因，即谈到这类物事的时候，是一定要配图的。否则，无论如何也无法表达清楚。因为受体例之限，省了这道手续，则语焉不详是一定的了。眼下服饰类的书读了不少，题目也酝酿了几个，但始终无法动笔，就是因为找不到一套合适的叙述语言。日前杨竹剑（朱健）先生在给吴彬的信中说，请转告扬之水，不必反串衰派老生，她本是正工青衣的底子，演"坐官"、演"醉酒"，正好，"开心果女郎"的刀马旦，也觉未尽其才。（大意如此，吴在电话里念给我听的）我觉得好像有道理，先生以为呢？

一个迫切的愿望，就是想像先生那样，可以整天关在房子里读书。这个念头其实已经转了好久了，但始终下不了最后的决心。或者，能够到某个出版社（如人民、中华）的资料室工作，也好，要能到历博的资料室，大概就更棒了。总之，最理想的是：有一份不丰的固定收入，有最多的读书时间。

从朝内大街走到北京医院，连我也视为畏途。先生能够如此，应该说是老而弥健了。钱先生据说此生已经不会离开医院，一天只和老伴说上三句话，或者可以说是"老病"交加了吧。今年亦可谓多事之秋，不好再去多想了。

恭叩
道安！

水上 八月三十一日

谷林先生：

手书、大作，一一奉悉。

先生一番"小"病"大"养，好像逗起格外精神，诚可谓因祸得福。刻想福躬日茂，潭第均佳，为祷为慰！

日前有郑州之行，归来忽逢采薪之忧，偏偏"家长"外出，更觉形神失守。幸好犬子已知吁寒问暖，侍奉甚殷；不日家长至，一切便好起来。他说："都是我把你惯坏啦。"（彼一行作吏，久矣浮沉下僚，虽忝居"企业"，却成"家"无望，志仁而已——海峡那一边，也有位知名人士与他同姓氏、同名讳呢）。

先生从来自称懒散，但书却是一本一本的读完了，我一向自许勤谨，书却总也读不好，倒是真的久不动笔了，其实努力也是真的，睡觉好像都在睁着眼，只苦恨不长进，这也是急不得、恼不得的。

这几日正忙——一会儿去编辑部，要退上一期的校样，同时发下一期的稿子。忙完，怕早已过午，因先致寸笺，聊志思念。

专叩

钧安！

远上　十二月四日

谷林先生：

　　手书奉到。第五期早已寄往广州，第六期方到，今日当可寄出。《争坐位……》未见。《博览群书》的新主编是我的旧上级。上任伊始，曾一再托我代为组稿，也便略略帮忙。于是得到几期刊物，以后则不复赐。白内障事，我请教了老沈——他是老患者。他说，上了几分年纪的人，白内障完全正常，一般不会有什么影响。少数发展得严重，摘除就是，不过小手术。他四十岁即患此症，是不正常的，但混到今天，一双眼睛不知看了多少稿子，也还没有手术，故先生全不必在意。知先生将《两汉会要》送往书店，不胜惋惜。今年春上曾专门托人往沪求购——一位搞史地的学者仙逝，藏书由子女售出——高价买得若干旧册（《禹贡》半月刊三百元一套，《史语所集刊》十元一本，等等），偏偏欲求之《会要》已被人捷足先登购了去！近日又有第二批售出，金石类买到一些，史地类则不获。到文学所后，看书略得方便，但所里藏书以中外文学为主，史地，考古类甚少，仍须外求。有些书可以不看，却不可没有——不知哪一刻就会用到，如《会要》之类。先生所赐《十三经注疏》，近日成为案头读物，更须《皇清经解》正续一部，吴小如先生已允借，尚未取得。此书所里虽有，但为木刻本，全部搬来，要占半间屋子。何况还有种种规定：不能超过二十本，借期两月，等等，实不方便使用。"明纪"原是我巧取了去，今幸天赐此缺，是先生爱书、爱人之报。只惭愧明史早又被我放到一边，去上溯三代了。但这一次，无论如何是要咬紧牙做到底的。山西教育社欲编一套"当代名家散文杂著"，小如先生牵头，并命我代为物色。不知先生这一二年所写，是否又够一编？前此若尚有未收入集子者，一并整理编入，大约也有十几万字了吧？

　　书不尽言，言不尽意。

　　恭候

道安！

水上　丙子五月中浣，雨窗下

谷林先生：

昨天承孙先生相召，往历博看大驾卤簿图真迹——为布展拍照而难得一见天日也。时在场尚有马秀银和孙克让，提起先生，大家都肃然起敬，说："劳先生在我们这儿可是德高望重啊。"孙君并特别提到，"劳先生当年为我改文章，真让人感动。"一席发自内心的称诵，直教我觉得认识先生是一大荣光。

前不久为负翁购得一册《沈祖棻诗词集》，负翁阅后打电话来，对程先生的笺注痛加批评，认为把沈氏的情词全解作政治词，其中比蒋比汪，尤为不伦。"若亡灵有知，将作何想！"那日恰好陆君打电话来，便将负翁意见转告，伊遂找出书来，拨灯夜读，然后有长信一封寄下，对负翁之说不大然，乃以为词集之好，便是因为有了笺注。我记得手中有一册程先生的签名本，却遍寻不着，忽然想到，是不是曾经借给先生？恕我脑力衰退，记忆力锐减，若无此事，也别怪我制造冤案。

周二在编辑部收拾半日，尚未清理完，今日午后再往打捆，下周即卷包回家。《读书》十一月也将往新址，从此通讯往来就只能通过邮局了。待马路修好，我会常往拜望的。

临楮怅怅，不一。

恭候

道安！

水上　十月十一日

谷林先生：

久疏音问，未知近况如何？虽然心中常常存了这样一份思念，但总觉得没来由地写封信去，止道问候，有点多事，虽然"上云长相思，下云加餐饭"就足可作鱼书了。

昨天在柜子里找书，蓦地看见先生所赠种种，重新检阅，颇有一番激动。不记得当时说过感谢的话，现在当然更不必，只是觉得有一种特别的温情。夜里便做了一个长长的梦，是往访先生的故事。但进门便说：我有话想说，可是说不出来，还是写信吧。先生道：那就坐在里屋写。以后怎么样，醒来就记不起了，不过似醒非醒的时候还想着：得把这个梦说给先生听。

近来只是忙，除了"穷经"，又加上学日语，因为在北图发现好多日本人写的有关的书。于是越发觉得时间不够用，于是如同探春理财，把分分秒秒都计算起来使用，在《读书》时候联系的作者，几乎全都不再联系，虽然时常还免不了要回忆一些过去的故事。有时我觉得自己对自己太残酷了，自己对自己的感情也太残酷了。

"坛坛罐罐"总该送上的，还有是"圆明园"一叠。此外，还有不少从先生那里借来的书，每周六要从朝内大街过一回，但时间永远不对——正是先生午休的时候，不过总留着这样一些牵挂也好。只是现在找不出什么好看的书可以送至尊前，是一憾，而更没有"送银子"的差事了。

不罄觊缕，恭候
道安！

远上　丁丑二月下浣

谷林先生：

看了日历，十二月十二，竟已经不远，而水仙花还没有去采办（说"采办"，似乎太隆重了，但这的确是一年中很觉隆重的一件事）。生怕真的就误了吉日良辰，于是先写上几行字，算是水仙来访之前递上的手本。

"新证"已于本月十八号交稿［疑是上月十八日（谷林批注）］，交北京古籍出版社，合同写明十二个月出书，但到今天为止，出版社还没有把稿子发出去，明年是否能见书，还说不定。

原以为交稿以后会十分轻松，但却始终没有找到这轻松的感觉。没过几天，就接到江西教育出版社的约稿，约写一本《诗经别裁》。"别裁"二字太觉自大，实在不敢接受，一再推谢，只是这稿约远在三年前就有了，当时推说顾不得，三年后"新证"交稿再说，不想此君竟真的记在心里，则我也不好十分推托了。思索之下，觉得此事似乎尚有可为，目下各种《诗经》选本，令人满意者鲜，以往的经学家、文章家，解《诗》各有一偏，虽然《诗》之"文学性"早已为古人艳称，但哪怕是很优秀的评点文字也不免有"马二先生"的习气。钱锺书的《宋诗选注》是我极喜欢的一本诗选，虽然仍用的是传统的笺注方法，却绝无传统方法中常有的呆气。可钱先生的博闻强记岂是常人可以学得来，我深知自己无论如何也做不到这一点。现在苦恼的是，觉得有话说；从宗旨上，也明白该怎样做，不该怎样做，但是却找不到语言感觉，想不出一个具体的"怎样做"，不知先生可否为我指点迷津？

《万象》第一期差不多是陆君一人操办，软片月前即已交付辽教，预计不久便可见书。算来此事已断续做了三年，总算有了"收场"——也许该称作"开场"，第二期、第三期也都在准备中：仍是小陆号［灏］独立撑持。

初场雪后的一个晚上，曾有机会与止庵君一会。原是初见，但接谈之下，如逢故人，自然要说到先生——其实首先说到先生，至于说了些什么，怕您知道了耳热心跳，且瞒过罢。

不罄缕缕。

恭候

道安！

水上　戊寅大雪，晴窗下
［十二月七日（谷林批注）］

谷林先生：

　　关于止庵的"读庄"，说来真是惭愧——我和他说，你这里头全是思想，而我是没有思想的，轻易如何敢读呢，只好先放一放。我觉得，得有点儿知识准备，至少，得酝酿了兴趣才行。曾托止庵送上一套"茗边老话"，虽然多半是"永以为好"之意，但多少也还夹带一点儿求报的私心，即望先生也写这么一本，我知道先生总要慢工出细活的，但这一本小书不过两三万字的篇幅，总不至于太难。就写写早年买书、读书的经历，已经很好，其中若有怀人之什，便更佳，所怀之人，自然也不必一定是大名人，有性情即可。先生千万不要马上回绝，想一想再说。"新证"交稿后，又被迫接受了"诗经别裁"的稿约，这事实在不好做——前人做得太多，又做得太好，我又如何再求好呢。近日试着写出几则，特寄呈一阅，心里实在没底，盼先生说几句话。己卯无"春"，但春天总不至于就是写在月份牌上，所以还是觉着春天快来了。

扬之水顿

谷林先生：

周报上看到"雀斑"，很高兴。与止庵说起，也有同感。止庵并云："该劝先生多写点儿才是。"那么，先生是否会因此而"多写点儿"呢。

日前往同仁眼镜行配花镜，作常规检查时医生说我青光眼的症候很明显，该去作进一步的检查。这其实已经是老问题了，社科院年年体检，凡查到眼，必有此说，而近来感觉尤其不好，配花镜也是由此引起，但这又是另一回事。医生说，果然是青光眼，也有办法治，不过心里总还有些害怕。家里存了些扇面，大约是十几年前买下来，连日便把它一张一张写起来，打算分赠师友。万一以后眼睛坏了，这涂鸦之作也多少是个意思罢。只是砚池久涸，难免笔不听使唤，扇面的质量也不好，不上墨。总之，种种的不如意，只不去管他了。

顺利的话，七月份大概那本由止庵赐跋的"诗经别裁"可以见书，届时当约了止庵，一同往拜。

连日大热，不过想象着二〇三号的"北窗"下总还可以获取一片荫凉，那么，是可以长做羲皇上人的，真教人钦羡不置。

不尽缕缕。

恭候

道安！

远顿 庚辰五月半

［二〇〇〇年七月三日复（谷林批注）］

谷林先生：

　　上海之行，见了不少人，有不少事可说。归来已十日，却苦无机会坐下来细说详情。现在先说一件马上要请先生帮忙的事——与小陆号［灏］一道拜望黄裳先生，谈起他的那一本"一个美国兵"，由此起意，陆发愿要编辑一套"脉望丛书"，出版这一类已不多见、却仍然很有价值的旧著。除这一本之外，拟列入丛书的有瞿兑之、周越然、周黎庵、纪果庵、袁寒云、邓以蜇等。他嘱我向先生请教：手边可有这一类旧书可为提供？或者，提供一些线索，也行。

　　据老沈说，被先生称作"包先生"的，实姓鲍，名鲍正鹄。批林批孔时，沈曾和他打过交道。

　　不尽——。

　　恭叩

道安！

远上　甲戌秋九月，霜降前一夕

（经我手代人购买的《郑孝胥日记》，已有五部）

谷林先生：

瑶函拜悉。

细书密字，除了说明视力一如年轻人之外，想必手中的那一枝钢笔，也是非常好用的。我曾四处求购"极细"金笔，终于没能买到（只有"中细"），现在用的这一支，是侄子送的，也算细了，但比先生所用，仍嫌粗了三之一。

被先生侦知责编的秘密，心中不禁一阵紧张。深知自己一向粗疏惯了，对自己的产品自己也不能放心，一定又有多少扫叶不到之处，现在赶紧"有言在先"，一旦被一一指出，或者稍得一分从容。

近日重读明史之部，与两年前一样，仍不免握拳透爪，血为之热。这一次，想读得更广，读得更细；古人、今人的著述，都尽量多读。不过上古、中华前些年出版的笔记丛书，我大概收集未全，说不定哪一天又会闯到府上，大行搜括。

谢兴尧先生来书，但对罗庸，只有简简单单的介绍："罗庸先生我认识，是北大预科教授，他在北大研究所国学门学习，比我早，我在九爷府女子文理学院任教，五六年没有碰见他，可能在我以后。他是一位朴素的学者，不大活动。解放以后魏建功（亦预科教授）回到北大，惟独没有看见他，可能留在西南没有回来。人生聚散无常，此类理也"。比先生封底上的几行字，并没有多出多少内容。

负翁近有乔迁之喜——十月二日由北大迁往祁家豁子，距元大都大约二三里，先生颇为遗憾，说，"已经刻好了章，称抱关者，关也抱不成了"，新居电话是：［略］。每周仍定期往教育社（坐班车）。

呈上两本好玩的书，却是借，不是赠，因为一本是友人所赠，一本则是太喜欢了，舍不得。但后者我正谋求再购一册，果然如愿，定当奉上。

临楮惓惓，不尽欲言。

恭候

道安！

远上　甲戌十月，小雪后一夕

谷林先生：

手教奉悉。"纪事诗"发在《中华文史论丛》，当日编辑部曾寄下数量不少的抽印本，一时觉得无处打发，大约找个角落便塞进去，早就无处寻觅了。倒是后来的一则自我更正，不知为什么留存好多。由此才毫不费事找到线索，检得《论丛》第四十九辑，把它复印下来。想到跑邮局会很麻烦，不如我直接寄去省便，日昨犬子往邮局买邮票，便嘱他代为投寄，此事可不必费心了。

上个世纪的末尾，拜接所惠写真一帧，欢喜了好一阵，也很为"两大家"得意，且亟亟示与外子，说："我赵宋收拾了李唐的一片旧山河。"彼对曰："可宋疆域再也不及唐的江山大。"弄得我没话说。又检出手中珍藏的另外两张照片，一摄于丙寅正月初九，雪后的历博门前，一摄于九三年的二月八日，最近的一帧较丙寅瘦了好多，但精神丝毫不减，并且好像更有过之，想到孔子说的"仁者寿"，真是圣贤之言。

新春在即，细雪当是吉兆，雪后的庭院常有喜鹊踱步，看得人情暖意融，人在平静的生活中飞快老下去，不过除此之外，一切都还是快乐的。

恭颂
新春万事吉！

水顿　庚辰嘉平
［一月二十二日，二十四日答（谷林批注）］

谷林先生：

　　捧读来书，也是"欢喜不尽"，去岁为写一篇"从孩儿诗到百子衣"，遍检七十二册《全宋诗》想找出一首可与《孩儿诗》并提的，竟是难得。不过我的所嗜也有偏，即看重与所谓"名物"有关者，论有趣，却是孔氏之作在上也。当时也曾记录在案，并录下他的另一首，也是觉得有意思，且涉及"名物"，乃《常父寄半夏》：齐州多半夏，采自鹊山阳。累累圆且白，千里远寄将。新妇初解包，诸子喜若狂。皆云已法制，无滑可以尝。大儿强占据，端坐斥四旁。次女出其腋，一攫已半亡。须更被辛螫，弃余不复藏。竟以手扪舌，啼噪满中堂。父至笑且惊，亟使啖以姜。中宵方稍定，久此灯烛光。大钧播万物……——以下入议论，是宋诗常见的手段，其"疵"亦如先生所举"饮阑却萧条"之类。查《本草》，曰半夏味辛，平，生微寒，熟温，有毒，生令人吐，熟令人下，用之汤洗令滑尽，一名守田，一名地文，一名水玉，一名示姑，生槐里川谷。陶隐居云：槐里属扶风，今第一出青州，吴中亦有，以肉白者为佳，不厌陈久，用之皆先汤洗十许过，令滑尽，不尔，戟人咽喉。方中有半夏必须生姜者，亦以制其毒故也（《证类本草》卷十）。可知孔诗句句写实，而诗笔如画也。"翁翁"诗的"昨日又开炉"也令人感兴趣，开炉似乎是宋人入冬的一件要事（唐已如此，白诗仿佛有类似之句），此前大约要重糊窗纸，并在屋子里设暖阁——应即打个临时隔断，当日之公署亦如是，宋诗中因颇多咏暖阁之作。扯得远了，同样一首诗，读诗之眼也有盗跖与柳下惠之别，当然我是前者，诚可谓别一副读诗心肠，甚可笑也。给止庵君打电话，他说书早些时候收到箱子里，待找出来定会送上。又云近日在为河北教育社筹办一个名叫《彼此》的刊物，亟盼先生赐稿。我想，以先生待湖北书友之厚，而决不会待彼此以薄也，此事必成。《文汇报》久不获读，不过小陆灏倒是常有电话来，老人仍在化疗，家人总是在尽力罢，但愿一切都好起来。小文是否转载，先生说了算，寒舍电话是（略）。这两日本来就打算写信，这一张开心卡便是专门为了双十二而购置，想起一句非常年代里人人熟悉的唱词——"都有一颗红亮的心"，似乎正可为之写状，且把这一心三用：祝寿、贺元旦、贺春节。（据云春节在阳历一月二十一日，那么也就不远了）水生顿首，大雪日。

正准备出门寄信，接到止庵君电话，于是赶忙拆开刚刚收到、尚未及启封的《书友》，拜读大作，读至"世寿八十八岁"，也不免一怔。

[十二月八日到（谷林批注）]

谷林先生：

　　近来常在芳草清泉中与先生相逢，便也好像面对一般，多了几分欢喜，减了一点牵挂。今忽奉手书，刚一看到其中的"关键词"（近年之流行语），即不免叫苦，先生真是不幸而言中，虽然不是"适缺此种"，却是早不知到哪里去了。心存侥幸而照着先生的办法翻箱倒箧一番，好歹找出一本"世界美术名作二十讲"，作者傅雷那是一点不错的，李代桃僵，说得过去吗？一个暂缓图之的办法是：先寄这一本去，然后略述原委，我这里则马上求助友人在网上帮助寻觅（我有好几种急须的书都是用这个办法得到的）。不过最好先生将地址示下，买到后直接寄至歇浦，以免去辗转投递的一环。此书在网上求索并不难，就照此办理，好吗？巴不得能为先生做一点儿事，却又偏偏这么不凑巧。但愿建议被采纳，则我还有机会。

　　　　　　　　　　　　　　　　　水生拜上　甲申七月初九

　　　　　　　　　　　　　　[八月廿五收到，即答（谷林批注）]

谷林先生：

　　前不久自费出游新加坡（主要是看文物），归来后见到成勇君寄下的打印稿。方才苏黄过我，又交下原件，并嘱尽快选定。问止庵选了多少，答曰四十六通。打印稿大致翻一遍，只见错得一塌胡涂，选定之后的校对，工作量不小呢。翻阅过程中，十几年的交往也一叶一叶展开来，不记得先生竟说过许多深情或曰相知的话，有好几次眼泪都要流出来了。当然这些令人动容的信多半不曾入选。止庵君既选四十六，则我当稍少于他，因选得四十二通半（"半"之另一半阙，可依节选例），现送上请先生过目，待定下来，再作校对。小书两卷刚刚见到样书，并且一部也还没有给我，不知近期内可否到手。铜版纸，彩印，开本不小，拿在手里很重，属于先生最不喜欢的一类，定价将近二百元，恐怕绝大多数人也是不喜欢的，印数五千，如何是好？匆此不一，恭候近绥。水生顿首，甲申嘉平。

谷林先生清鉴：

深圳归来，奉接"三叠"，一夕读竟，中肠为之热了好久。于是跑到三联又买下两本，分赠给朋友，并一一附上"推荐信"，其中一句是，"此中有着对朋友的君子式的至深之情"。其实这并不是准确而贴切的表达，可我实在想不出恰当的文字，心中之"热"也不知该如何表述。只是觉得想把它长久留住，留驻在心里始终有着的一方净土，而使自己不断修为，不断向着善良和纯粹。

前番拜谒听得先生讲"梁"书，但只是一个"得胜头回"，归家后驰书欲得"下回分解"，来书却放下此端另表一枝，则悬念终不得放下，还望先生的"未完待续"别教人等得太迫切。

今年一年跑路多，读书少，下月还要去闽北，由闽北再往浙南。明年总要稍稍歇脚，欠下的文债已经不敢清点，本来下笔就慢，又不得好好坐下来，怕只有赖账一途了。〔行路当然也有大收获，但要再回到书本上才行〕

恭候
近安！

水生上　乙酉十月初九
〔十二日到，十六日答（谷林批注）〕

赵季仁曰：某生平有三愿：一愿识尽世间好人，二愿读尽世间好书，三愿看尽世间好山水。客曰：尽则安能，但身到处莫放过耳。

慎蒙《山栖志》，录自《说郛续》卷四六
——为谷林先生寿

〔电话中与柳叶公子说起先生移居事，不胜惆怅，总觉得一下子远了好多。公子笑道：近的时候，你们一年见几回？想想也是，过去止隔一条如砥周道的时候，不也是通信多，见面少。其实多年来更多的只是心的相近。我视先生为一种人生境界，虽不能至，心向往之。生平第一愿，则识得先生，诚可谓"身到处莫放过"，我已践行了。水生拜。〕

谷林先生的最后一通来书

扬之水

得知谷林先生最后的消息时，是腊月十五的十一点十分，彼时正在太原，不过即便在北京，又能如何呢。当夜梦中与《读书》的老同事相会，向吴彬和贾宝兰报知此事，不禁痛哭失声。当时在场还有止庵，吴彬问他谷林先生得寿多少，答曰：九十二。是耶非耶？醒后才想到我对先生的生年其实并不清楚。然而先生的生日是双十二，不用记也从不会忘。最近一个双十二之前寄贺卡时曾预告将有新出的一册小书献上，《终朝采蓝》也就在不久之后寄往航空学院。只是与以往不同，等了很久也没有收到回信。曾动念一通电话，但想到先生前信说到接电话的种种不宜，便打消了念头。

归家后急急展开先生来书，——原即置于案头，准备好好写一封回信的。信封上面的邮戳很清楚，为"2008.10.12.15"。也就在这时才发现收信人写的是"杨丽雅"，而这是多年通信中从来没有过的。

工楷细书，写满三叶，搬迁之后的起居细节颇多述及，琐琐细细间更不时倾注着对我们这些"小朋友"的爱。诸般揄扬之词是先生一贯的奖掖后进的做法，也是先生书信中惯有的幽默。这里谨把它完完整整钞录于下。——

水公道席：

采蓝集于九月五日拜受，欢悦之至。我有几位书法朋友，如赵龙光（江），徐重庆，自牧，但我则以为安迪应推首席，但其书名或为画名所掩。此番奉手教，乃代其谦称为"准书法家"，岂因句前有"除我之外"一语耶？公既精经史，长于考证，盛传于海内外，人乃不复数及于此，盖且以为小道无足名也。仆得此书，深爱封面题字，构成素雅的设计，凝眸不急于展阅，容为我公所笑。而展卷得手书，又说"不日即可收到薛原先生寄来的一册良友杂志"，不意迟至竟月，迄未到手，大约编务琐杂，遂为薛公遗忘欤？但仆目力日益荒损，看书能耐急疾递减，编叶至于八十的采蓝集，……

以上十行，写成多日，今日阳光较好，乃到老伴室内续写，发现上面所写，多有错字，也不知该如何改写，只得任它去了。我公往日谓我乡音未改，我的口语，只能听去三五成。今天看我的笔谈，想依然当年成色也。但忽问及寒斋电话号码，则转觉新鲜，如何又说小朋友们都老了呢，而岁月的残酷独于鄙人额外宽厚呢？［电话号码略］向不保密，只是接听不易。我从坐椅上起立走到话机边，须有耐性等待，最快机声发至第五遍，我才能拿起话机听筒也。所以小女如不在家，往往无人接听。我们两老，她双耳失聪，我则腿脚无力，故渴望捧读吾公细字书，至恐"小朋友"好奇，忽试新声，万一腿软，或有意外，诚困难不易料及者。

上边续写一天，今日决意加工上交。昔贤有云："生老病死，时至即行。"此之谓"安命"。我们一家移寓航校，已逾两年。初来时极爱环境雅洁。我初到第一日，出门便跌了一交，邻右大惊，我则安然无事，便轻松起立，但自此不免稍有戒心，并从此扶杖。现在倒也可倚杖缓步。只是今年却大变样了，独坐起立，头晕身摇，起立后不能即刻开步，须稳站片刻。从此也就不再出门，只在三间内室缓缓往还，自谓加强运动，并坚持"保健按摩"。按摩虽至今坚持，漫步乃逐渐递减。初来时曾按东四原状，上下午各上街一次，每次千步。到此新居，始每日只走一次，而不再出家门，却又减步数，自七百至五百，再减至三百，今则但"三餐两解"耳。更令人烦恼的是记忆力的不断退化，每日反复问妻、女是何日？星期几？问小女出门去何时回家，能买些邮票回来否，如此等等。看书极少，阖卷已忘。于是只得从头重看。写至此句，大喜过望，乃记起曾向吾公反对辽宁的新万有文库的版面，公不同意我的批评，坚持本薄字小，便于查阅也。此言到此刻不曾忘掉，足证我的记性有时倒犹管用，并不像上边所说的那般悲观——但又想反询吾公依旧坚持旧说否？您是忘却了抑或改变观点了？"小朋友"是否也会随"机"应变呢？

是的，毕竟您依旧是我的"小朋友"，盖记性之外，尚有"悟性"。读大札头一节中有"给家中的大、小二李看"，我先懵了好一阵子，终久想明白了，足证尚未痴呆。但接着每天读采蓝集，终于攻坚难克，于是傻想倘得薛先生寄到那本杂志，或者能一见倾心乎？直至信末讲到十一月别有新书，竟是宋元明金银器研究，呜呼哀哉——这是鲁迅翁的金玉良言，这里只好"呜呼"了。

不过董宁文君所作的描摹并不失真——我们四个人的合影，终究仅有一个白头（可惜止庵代编的书信几叠中没有加入此照，出版社且又忘记此书的重版）。总之，我吃得下，睡得实，大约小女炊艺高强，以往我从未感觉眼下香甜。睡眠亦极香甜，入寐快，早睡早起，深信接待小朋友们，当犹能款款有礼也。安迪到此，必能偕公见访——那时如新居已经落成迁入，我亦必将安迪所盼苦雨翁手札检出奉成（呈）也。

书不尽意，草草敬叩禪（潭）安，并望著集之余，能仍有细字书源源见馈也。

稽答拖延，并乞见谅。以上复字亦不重看，公发现错别字，大概不会打我手心，且必能为一笑补正也。

祖德长揖　〇八年十月十一日十七时

如今知道，这是先生和我的最后一次笔谈，而信中的"昔贤有云'生老病死，时至即行'，此之谓'安命'"，此际读来竟像是平静的诀别。写给先生的新春贺词其实早已备好，只待佳节临近时寄出。——

初岁元祚，吉日为良。
俯视文轩，仰瞻华梁。
愿保兹善，千载为常。
      ——节陈思王《元会》句

此时此刻，它仍然可以成为我的深悲中的祝福。

戊子年腊月十六

跋

劳先生、赵丽雅和我

陆灏

一

毫无疑问，最早读到谷林的文章，是在《读书》杂志上，具体哪一篇不记得了。认识劳祖德先生，是扬之水介绍的。那时扬之水这个名字还没通行，熟悉的朋友都直呼其名赵丽雅，劳先生给她的信称"宋远兄"，我写信也这么称，她来信则自称"如一"。第一次晋谒劳先生，赵丽雅没有陪同，因她正好去上海出差。劳先生一九九二年十一月廿五日给她的信中说："安迪兄曾经迂驾枉顾，……面订令写郑孝胥二千字，不敢抗命，兹亦以芜稿奉请代转，意其尚滞都下，而阁下恰已旋京，当能晤会。外并以小书一册请教，烦劳为代致。"几天后（三十日）给赵的信中提及我写过的一篇记徐梵澄先生的文章，在信的末尾又说："安迪兄已返沪否？不知前奉一笺能赶上旌辕否。"

当时我在《文汇读书周报》当编辑，与劳先生见面，谈起他已经完成的《郑孝胥日记》的标点工作，就约他为《周报》写篇文章。劳先生很快就写好，请赵丽雅转交。这篇《郑孝胥》发表在次年二月六日的《文汇读书周报》。信中所谓"小书"，即《情趣·知识·襟怀》，三联书店一九八八年十二月出版，我早已购读了。劳先生请赵转送给我的这册，在题词签名的边上钤了一方闲章："相见恨晚"。这也是我当时想说的心里话。

二

一九九二年秋天拜识劳先生，到他二〇〇九年一月去世，见面的次数也就十多次。除了第一次，后来多半是和赵丽雅同去。先生住在朝内大街二〇三号，那是文化部宿舍大院，劳先生从干校回来后就住在其中一个筒子楼底层的两间，坐东朝西。赵丽雅写过一篇《绿窗下的旧风景》，说到劳先生的房间："大院深处的一幢旧楼，树荫挂满了窗子，窗前的写字台上，泻下丝丝缕缕的青翠，愈见得纤尘不染的一派清静。"然后笔锋一转："但绿窗对坐晤谈的时候，并不多。先生虽寓居京城四十余年，却乡音不改，一口宁波话，听起来着实吃力，而偏又是魏晋风度式的'吉人之辞寡'，总是浅浅笑着，并不多言……"

我可以为这段话做一点笺注。张中行先生曾说赵丽雅去他那里，"照例不坐"，劳先生九二年九月八日给赵的信中也说："近日大约要送《读书》十月号的清样给我吧，所以此笺拟来时面交——为什么不'面谈'而费此纸笔呢？因为'仲尼栖栖，墨子遑遑'，古语云'坐席未温'，阁下则立谈便动步，坐亦不暇一坐也。"那些年我去北京，初秋时节为多，三人绿窗围坐，午后斑驳的阳光正洒在书桌上。劳先生一口宁波音的普通话，在我听来毫无障碍。先生话不多，而且说得很慢，但看得出还是很乐意交谈的。劳先生曾在给我的一封信里说："我不善言谈，原因其实不是口钝而在于腹俭，无可说于是只能伊呀啊的了。虽则无言相对，亦是佳境，但终不若絮絮不绝也。"

每次，坐没多久，栖栖遑遑的赵丽雅就在一边催了："走吧走吧！"而劳先生总是笑眯眯地说："再坐一会儿。"我也想多聊一会儿，劳先生零一年给我的一封信里说："前次偕丽雅见过，于丽雅促行时，您看看表，说：'再坐一会儿吧！'我忘不掉这句话……"我们每次告辞，劳先生总要坚持送到大门口，我们怎么拦都拦不住的。

三

一九九三年十月我和赵丽雅一起去拜访劳先生。劳先生送给我两本旧书，于是谈起买旧书的事，谈起先生和知堂老人的交往，就约劳先生为《周报》写一篇文章。劳先生十一月九日来信说："你留下要我'交待'的题目，刚刚写出，我想给它一个题目'买旧书'，未免含混，因之略施狡狯，改做'曾在我家'。这是习用的收藏印章，马夷初先生就有一枚，记得五十年代初有过一次义卖筹捐活动，马先生参加了，拿出一批书画来，都盖上这样一枚图章。此文略长些，颇有骗取稿费之嫌，但一提起收买旧书的事来，真有那么一点缠绵之意，实在可笑。"

同月廿二日劳先生给赵丽雅的信中说："安迪要我交待与苦雨老人的关系，我奉命惟谨，接着便得回信，说起买旧书的事，说是受你教唆，前年在琉璃厂以二十五元买了一本《三秋草》，着实吓了我一跳。我以前在摊子上买旧书，是当荒货去检的……"

在琉璃厂中国书店买下卞之琳《三秋草》的事，至今仍历历在目。记得那天在书架上翻到此书，颇为喜欢，只是价格二十五元，书拿在手里，踌躇再三，还是放回去了。回到住处与赵丽雅通电话说到此书，赵说旧书可遇不可求，这次若错过，可能以后再也碰不到了。结果我一夜未睡踏实，第二天一早就赶去琉璃厂，把这本《三秋草》买下。两天后捧着书到干面胡同拜访卞之琳先生，请他在书上写了一段话。劳先生听我谈了买此书的过程，来信说：

"阁下买三秋草一事，可称豪举。丽雅也曾跟我说及琉璃厂的书价，我常劝她不买。我到北京的时候的确碰上好时光，但那时两个小兄弟还没在小学毕业，所以每个月得汇八十元回宁波作事亲畜弟之资，所余生活费已无多，故每月买书严格控制在十元之内，一般买的只是四五角一本的。有一次碰到戴望舒译的爱经，书末有王辛笛的印章，面目如新，要价二元，踌躇再三，咬咬牙买了。前几年曾见漓江重印此书，因旧的一本已失去，曾想重买，但一较前书的品位，总觉新印的太差劲，乃望望然去之。"

那天见面时，劳先生送了两本旧书给我。赵丽雅在场，又一同出来，她没有问我是什么书，却写信去问劳先生。劳先生十月廿三日给她的信里说："那天给安迪的两本小书是《汉园集》和《猛虎集》。"《汉园集》收何其芳、卞之琳、李广田三人新诗，书的扉页左上角有"其芳自存"四个小字，先生告诉赵："买此书情景历历在目。那时我的工作场所在前门外，晚回东城宿舍，过南河沿东口，在盐业银行的门廊下有人用报纸铺地，燃一电石灯，平放着几十本书出售，我大约以四角钱得之。"后来在《答客问》一书中又写道：

"有一次在西河沿，在一家银行门口，我下班稍晚，已经上灯了，瞥见一个地摊上有一本布面小书，走过去拿起书，就着灯光打开一看，扉页左上角写着四个字：'其芳自存'！——这真是奇遇了。"

《猛虎集》为徐志摩诗集，扉页有诗人亲笔题赠签名：上款"魏智先生"，下签名。"钢笔字写得挺拔有姿致，因谓海藏日记中有徐志摩与郑孝胥约定往观其临池的记载，有一次是与胡适两人同去观看。"

《曾在我家》是劳先生的散文名篇，首发在《文汇读书周报》一九九四年一月一日和一月八日。赵丽雅写《绿窗下的旧风景》中提到此文"详细讲述了搜集知堂著译的经过，及与作者的一面之缘，琐琐往事。'风淡云轻'，先生说，'然则我所絮叨的，也就烟消云散了。'但我却不免'心头略为之回环片刻'——果然烟消云散了么，那风淡云轻的什么，或已氤氲作一团，一片；其实，犹在'我家'。"

四

十来次绿窗围坐，谈的无非书人书事，具体内容大都已烟消云散了。好在劳先生在信中留下一些片段细节。九五年一月劳先生给我的信中说："昨天接到丽雅寄示的关于黄秋岳一份复印件，并嘱看后寄给你，兹特随函转上。丽雅说，封锁敌舰一事，先曾听徐梵澄先生说起过；与敌特换帽子递情报一事，先曾听王勉先生说起过。还说，都曾向我转述。可是我却一点不记得丽雅向我讲过这些的情形来，只记得我们三人在一起的时候说过'独柳'那个典故。不知丽雅和我究竟谁健忘。"

我比他们更健忘，究竟说没说过，完全不记得。这里说到"独柳"这个典故，是指瞿兑之给黄秋岳《花随人圣庵摭忆》写的序言中有"哲维骤被独柳之祸"一句。

九六年十二月四日先生来信说：

"十一月五日，在三联书店门市部揭幕式上，见到丽雅和她的'外子'，她从书包中授我《红毹纪梦诗注》，说明是您带给我的。感激非凡，却没有及时奉函道谢，昨日丽雅来舍，问我是否久不与您通问，我说并非如此，我总是得信即复。她又说，您在电话中曾问她书已转我否，足见我收到书后没有写过信；我竟分辩说：此事还不久……

自然，丽雅又反驳了。我一扳指头，也吃惊，竟已一个整月了！

'去日渐多来日少'，偏在这个档口，光阴像又过得特别快，这是老天爷对白头人的残忍。"

劳先生和我的通信中，赵丽雅是一个永恒的话题，九四年一月六日劳先生来信说：

"宋远《椿柿楼读书记》一种，辽宁教育出版社出版，印数三百册！从前读纪德，可记不准是卞之琳或刘盛亚说的，谓《地粮》初版只有几册（不足十册或只有十九册），再版又只印几册，觉得稀奇，也觉得有趣。如今临到我们自己头上，这就不复是文坛轶话，却颇有伤怀抱了。

　　不知您已得远公赠书否。如尚未收到，望火速催讨，以免向隅，但幸勿泄露通风报信人姓名！"

九七年十月五日来信云：

　　"扬之水君，久不晤见。忆白傅尝私怀与元九结邻而未得，尝有句云：'绿树覆作两家荫'，此情真可念也。梦想安能于楂柿楼边结一茆庵以为栖迟之所乎？"

二〇〇二年二月二十二日信云："扬公之水，经年仅获一面，大约'刚日读经，柔日读史'，故卒卒少暇。"

〇三年七月十一日信云："丽雅亦久不把晤，亦不稔其治经研史又在搞何等高深焉。"

〇五年九月八日来信说："丽雅亦久不晤面，止庵告：她似方动身去敦煌，自得其乐，但我以为总比不上到咖啡馆喝一杯也。"信里提到"人书俱老"四字，"乃系陈语，惜腹俭不知出处，丽雅远去敦煌，无从请教，遂想到奉托老弟可否打个电话叩问金圣（性）尧先生试为查询。自属不急之务，其实说穿了是借此名堂写信与吾弟当做握手良晤耳。"

〇七年五月二十二日信云："日前曾得倪子明兄寄我'假日文汇'刊出丽雅在香港、新加坡的讲演，旁有她显得稍见发胖的相片。读来信遂疑即是来信所说的出诸你的画笔，我也没有找出报纸来重看。丽雅亦多年未曾晤面。"

五

　　劳先生留下的著述，除了标点《郑孝胥日记》皇皇五大册，自己仅几本薄薄的随笔集，他写给新老朋友的书札，字数肯定远远超过著述。写《爱丽丝漫游仙境》的刘易斯·卡罗尔也是个热衷写信的人，有人统计过，他从二十九岁到六十六岁去世，写的信札超过十万通，他曾这样说："人的正确定义，应该是写信的动物。"劳先生大概没写那么多，但却是他一生创作的主体。他在《答客问》一书中曾说自己三九年入川开始职业生活，那时"刚满二十岁，正是'多情年华'，思乡怀故，有三五个师长和同学，又有在宣传队里结交的两三位同志，都在东南，于是鱼雁不绝，每月都要发出几封信。十数年的写作，就是书信和日记。偶尔'抒情'，写一首诗或一则散文小品，自知浅薄，只是抄给几位熟朋友附在信札中传看一下，不敢投寄报刊。"

在《晚岁上娱》一文中，劳先生说到一位年长他几岁的老朋友戴子钦先生（我后来也有幸拜识）时有这么一段话："追随戴先生六十年，两地阔别之时多，立雪侍座的机缘少，眷念深长，惟有纸笔可寄。年岁渐增，步履也日益迟重，即使同住一城，不免一样要用笔谈以代面对，此所以圣陶老人有'晚岁上娱'之作也。"我与劳先生也是如此。相识近二十年，晤面仅十来次，留存劳先生的来信有近八十通，应该不止这个数，几次搬迁遗失了一些。

或许如以赛亚·伯林一九四八年十月二十一日给好朋友的信中说的："写信是一种平和的快乐，适合内心平静、没有情感波澜的老年人。"劳先生到了老年，写信更为勤快。读劳先生的信，几乎能够看得出，他的写信就像有些作家的创作，又像是和旧雨新知的聊天絮谈，是一种享受。

劳先生也确是书信写作难得的高手，既能没话找话，又坦诚相待，文字蕴藉，兼具学识。从已经出版的两种书信集《书简三叠》和《谷林书简》看，无论是老朋友还是新相识，劳先生的信都写得真诚，不说套话，不是那种应酬式的八行书。但给赵丽雅的信，就不止是真诚，更有真情在：

"跟你，则相交之日浅，不敢贸然地说"视君如弟兄"，"托子以为命"，却又的确不同寻常。一则是合志同方，喜好相近，观点相近，水平也相近；二则因为你略似憨湘云，朴厚而豪爽，无机心，所以可谈愿谈，不管是面谈或笔谈。我们的谈是交谈，我说你听，你说

我听，是相互授受；又是闲谈，与听雨赏月喝茶看花属于一类，所以遊目骋怀……"（一九九三年十一月二十九日）

六

就在上引信两个月后的一九九四年一月二十九日，劳先生在给我的信中说："我跟《读书》关系似乎很深，结识宋远却只是近几年的事。宋远每次见访，总是坐席未温，匆匆便行。因之我们实在没有通过多少款曲。可是她为人坦率真诚，我是感觉到的，欣幸斜阳晚照之中，获此契友。也因此，当她向我介绍一位她的'最好朋友'的时候，我自然深有期待。一见之后，果真不负所望。"

赵丽雅要把劳先生给她的信全部出版，命我这个"最好朋友"写几句话。这当然情之所在，义不容辞。找出劳先生的旧信，拉拉杂杂抄录几段与赵丽雅相关的内容，既是纪念劳先生百岁诞辰，也是纪念我们三个人的情谊，即使劳先生离去已十年，这份情谊仍绵延不断。

林下水痕

沈胜衣

　　我相信一个神秘定律：声气相契的人，总会有冥冥中的缘分注定相逢，甚至互相牵系在一起。比如，我与谷林先生"缔交"，是陆灏"为介"（先生后来回顾时的信中原语）；与扬之水接上头，则是谷林先生作伐。——几个人又互为好友。

　　与林、水的交集，在我这里，最初是二〇〇〇年初写了一篇关于周作人古希腊译事的文章，寄呈谷林先生指正，信中并提到听说扬之水《诗经名物新证》出版，但遍寻不获，遂请先生帮忙。——其时，与先生通信结为忘年交已两载，而对扬之水，则亦早就私爱其文、遥仰其学，且知道先生与水公过从甚密。

　　谷林翁在二〇〇〇年三月六日的复信中，乃因我文而谈到他喜爱知堂，可是杂览多家，自谦"嗜欲太多"，"从吾所好"却"多歧亡羊"，导致治学根柢不深；由此赞扬之水："丽雅考证诗经名物，真个是尽弃其学而学焉"；"丽雅的诗经名物考写定了，我还只是念了'关关雎鸠'。"他关心我那篇文章投往所处，说可以等"丽雅来时问问她的意见"，看有什么门路帮我发表；也告知其时《诗经名物新证》尚未上市。

　　三天后的三月九日，先生又写来一张明信片："昨日扬之水君见过，《新证》已出书，我业告以尊址，书当由彼寄呈。尚有《诗经别裁》我未及问渠已卒业待印否,兄收到新证后可一问。"并附了扬之水的地址。——
我由此遂得与水公结缘。

扬之水是谷林先生来信中经常谈到的,以下再选录一些有实质内容、
能见其人的段落,或可作本书正文的一点侧面补充,看看林翁在与水公
的鸿雁对谈之外,与我书翰私语中是如何评说这位密友。

二〇〇一年二月二十六日信:"老是牵挂着你的扬之水特写,不知是
素描还是彩笔。张中行先生的《负暄三话》中曾有一个长篇,昨天重看
了一遍,篇末自记云,戴先生两次来信称道之,我读后也认为很好。我
未曾问过丽雅自己对此文的评价,也不知丽雅是先认识张先生还是先认
识我的。丽雅除扬之水之外,尚有于飞等好几个源于《诗》的笔名,昨
天重阅'三话',始知宋远亦出于此,先前读此篇似乎把这一句忽略了。
(……)张先生文中写丽雅过访,用'照例不坐'四字,最为言简意赅,
而又十分生动,始信张先生尝云他没有写小说并不是不会写云云诚非虚
言也。"

二〇〇一年三月十八日信,对我寄去的关于扬之水的文章草稿作了
一些文字订正,然后写道:"丽雅与我曾在历史博物馆共事,当时并不认
识,读《负暄三话》后始知道。《读书》创刊后,因与倪子明兄相熟,又
住在同院,与《读书》的关系,悉与子明兄交接,数年未曾认识她。自
与她相识,承其殷厚,如杂写小册(按:指《书边杂写》),即系她一手
促成。其时我住在北京医院等胃肿瘤切除手术,此书出版,丽雅持之来
院,实'书趣文丛'问世之第一种也。我躺在病床上,默无一言,想起
徐调孚病逝前不久,中华书局同人火急赶印其旧作《人间词话注释》,也
是赶出来送到他的病床上的,古籍整理专刊上我读过中华同人所写的纪
念文章:徐调孚接过去,反复看,笑着说:真高兴,真高兴!丽雅又虑
及我医院恐有急需,又为预支稿酬,另外开支给校对费。凡此我均未一
言道谢,盖辞不能达意。吾弟此作,盛称其才,更盛重其情,可谓深得
吾心焉。要我提意见,草草看过,而原著两种犹未卒读,如何提得出意

见来？丽雅先前曾有一次约我写序，我推辞了，据丽雅说，我允诺过要给她的一本书写一则随笔，我都忘了，是为轻诺寡信。吾弟'报德'之辞，读之如被猛击一拳。"

以上情形，他此后还一再说到。如二〇〇二年一月三十日信，由《书边杂写》的陈原序谈起："先是辽教与脉望有约，编入'书趣文丛'的每一种，都要有'名家'序，还排了名家的座次：第一、季羡林，第二、金克木……我缴稿时无序，脉望问我道：'如果我代你求得一序，你反对吗？'我岂能那一般狷介，拒人千里，自然就接受了，但事先既不知求自何方尊者，也没有得窥真经。我因胃肿瘤切除手术住院，脉望唯恐意外，此书乃提前当做此辑的首种抢印出来，并亲送来至病床。"

至于推辞为扬之水作序，二〇〇二年十月十六日信从另一角度谈过："范用有一次托人给我带来一本书，我打开一看，是邓云乡的《鲁迅与北京风土》，附信说：可以写一篇书话。其实我早就买了这本书，只因前面第一篇谢老的序言，读后倒了胃口，就把此书搁下，不想读它了。以后我发现邓君有好人为之作序之癖，他的书前常不止一篇序，记得《日知录》尚称一书不可两序，看来顾炎武自有道理，邓君本人的文字极佳，我因范用之荐，才未与之相失，以后见其书必买，而其书前挽人所写的序言每不能与其书相称。赵丽雅早先编她自己的书话曾约我作序，我推辞了，颇惹她生气，我向她说明上面这点经验，她也不爱听。"

二〇〇三年九月十二日信："扬之水在《万象》接连有'大'作，你北来之事不知告诉了她没有。她在张中行的特写里是'照例不坐'，给我送书或带信辄留在收发室，所以是'过门不入'，除了几次止庵约她同来见访，此外便'翩若惊鸿'了。不过决非耿介绝人，每每大声言笑，不让须眉。"

二〇〇四年八月廿六日信，谈与友人间的书物往来："扬之水则又几次送过来退回去，《古今》合订本'来去'了几个回合，当《读书》编辑部犹在敝寓对街，我曾让外孙随我抱着《两汉书》的补注本送到她那儿去，第二天她竟抱了她的自藏本送还，说'我们交换一下'（这自然又显见我的冒失）！"

二〇〇五年三月廿七日信，谈他写给扬之水、止庵和我的书信之结集，"书名经止庵拟作'简札三叠'，他说征询过扬之水，扬公以为叫起来响亮，她很是称赏。"（按：后来出版时的正式书名是《书简三叠》。）又："费孝通一事，在致扬信中也谈过，上回她与止庵同来时我拟抽删，她却主张保存，止庵似在两可之间，听止庵定夺去吧。"

二〇〇七年丁亥重阳信："上次握手后，止庵、丽雅均无音闻。丽雅自《读书》创刊即相交识，至今积三十年，我犹未去过她的住处，你这回远道而来，仓促之间竟留下如许相片，思之惊愧。荆公诗云：'岂无佳宾客，欲往心独懒'，只因为'北窗古人篇，一读三四反。'我则两废之，岂非衰惫之极，无可救药也。"

另有一通旧函，可与上述照应，二〇〇三年十一月九日信："扬之水住处离五十年代初的旧出版总署、新华总店不远，即总布胡同东头，我脚懒，相识廿余年，没有去过她家。止庵的住处我更找不到了，据他说，大约来回一趟便要三个小时，如有所商询，真不如写一封信更好——而多留几行笔墨，得间翻看，愈为有意趣了。"

由此衍生一下，非涉水公，另抄一点谷林先生对书信的看法。二〇〇四年六月廿六日来信中说："印书翰一事，早先几个熟朋友在闲谈或来信偶然提起过，我则一直也只当'闲话'听之。它如值得印行，应起两点作用，一则是提供史料，二则是其作者已属后之读者的研究对象；而我与这两点相距遥远，断无全部搜拾印出的道理。偶有亲旧在此中得少情味，不是生平书札的全部，而且也不是一通长信首尾悉具的通体，无非小品随笔中偶有隽语可以会心一笑的段落而已。"

——谷林先生的尺牍，不说"史料"和"研究"的价值，仅仅是这份现今不会复有的"意趣"、"情味"（真的，再没有人那样写信和写那样的信了吧），已足珍贵。

先生对我所谈书信观,还有几句我特别喜欢,是一九九九年十月十一日信:"我们既不议论军国大事,又非对账索欠,殊无急匆匆赶得满头大汗之必要,尽不妨你说你的,我说我的。命题作文,步韵和诗,有问必答,针锋相对,自不属于书笺往还的范畴。一下子岔开去说些天外飞来不着边际的闲话,猝不及料,或者反倒能赢得些许出于意表的欢喜。"

类似意思,谷林先生直到二〇〇八年八月十五日信中仍谈到:"我俩的来书往札,确非一问一答,尽可各说各自的话,这样乃更多真情实意。"——只是,从此以后再未能这样真情实意地来书往札各说各话了,这是他写来的最后一封信。

现在扬之水将与谷林先生的通信结集,那是比我更久远更丰盈的情意,更足珍视。书题《爱书来》,先生一九九九年五月二十九日给我的信中也解说过:"十七日接奉八日手书,欠账多日了。'惯迟作答爱书来',梅村是祭酒,可以这么说,我当然不能引来作为前例而自解。其实我倒也不一定'惯',(……)或则还略略保存一点儿向上争胜的念头,有那么一点精神,希望复信能稍具体面,与来书纵不能旗鼓相当,也还堪入目,不至于惹人耻笑。"

说到题目,关于本文,"林下水痕",起因固然是以谷林、扬之水二人名字取巧,但确定下来后,重读谷林先生给我的手札,发现他一再提到退休后的"林下生活"。特别是二〇〇一年立秋后三日信中,抄录了后山居士的《寄答泰州曾侍郎》,前半截是:"千里驰诗慰别离,诗来吟咏转悲声。静中取适庸非计,林下相从会有时。"——甚感天意缘分,让我能在某种程度上与先生"林下相从",这是我的莫大幸运。

关于重读手札,这已不知是第几回了,又多得一次情致氤氲。当中固有沉吟惆怅,但最直接的感觉是一句老话:如坐春风。与这样的长者十余年的交流,真好真舒泰。或嫌那四字老话太滥俗,那就转引谷林先生自己的言语,他在二〇〇四年五月廿三日信中说到,重见戴子钦寄回给他的早年旧信,"往迹浮动,为之神往。"我的感受亦正如此。

这次是因写此跋而重览先生历年来信，但下笔前却没有先读本书正文的尺牍，反正我作为后辈也不适合去评鉴林、水之间的通问，那就正不妨不受他们的影响而自说自话。然而，最后还是忍不住，在书稿中检索了林翁致水公信里谈到我的内容。看过之后，却还是如前引谷林先生之于扬之水，"默无一言"了。再具体一点吧，因为这本《爱书来》牵连所及忆起与先生相交的"往迹"，那种心底回环的情形，仿佛谷林先生之于他一位师长——先生给我的信，多次谈到他的早年经历，一再说及高中的国文老师，对他从学业上到后来工作、生活中的扶持帮助，其中一九九九年十二月十一日信中这样写："毕业时节，师生在教室里聚了一次餐（学校食堂操作，备酒）。席散，老师略有酒意，拉我到扶梯下说了几句悄悄话，提出两个要点：一是说我出去工作以后，不管遭遇什么困难，都可找他商量；二是希望另外商谈一次，研究能否继续升学。我一句话也没有说，对答不上，也从来不曾指望过能从人间听到这般温暖熨帖的语言，眼眶里满是泪水，怎样也强忍不住流淌。（……）这位老师在文革开始前病故，这是我在人间欠下的第一笔情债，无法清偿。他给予我的震动自然极为巨大，使我至今于进退取予之间，常常要惭愧地自责：我的道德品位太低下了。"——嗯，一模一样，这就是我重温谷林先生来信（包括他给扬之水去信提及我之处）的心情。越是深重的恩义，越只能如此。

深重的东西只放在深心记取吧，而关于水痕之外的另一份心痕，则是深重之外的沉重。今年初，谷林先生仙游十载的那个日子，是我一位好兄弟周生的告别仪式。我所得第一本先生的书，《书边杂写》，最先就是周生送我的初版，因为他知道我对先生的推崇，作为大学同窗、多年好友，彼此同道中人、气息相投，他也是喜爱谷林翁的文章才会买来贻我。后来我结识了谷林先生，想请先生在书上写几句话，先生另赠我重印本，于卷末写下题跋：

"此旧作之第二次印本，误植略有更正，亦未能尽扫也。胜衣将北来，先期寄其八年前得诸佛山周君之初印本令余补识数语，留为纪念，感沁心脾，辞穷难宣。年来殷勤赐笺，积藏盈筐，时时回环，亦不暇从头细数。胜衣笃好声诗书画，皆非余所娴习，而于余一意拳拳，自是宿世因缘。晤会无多，但有驰系，聊志两语，持赠此卷：淡墨斜行情未了，老怀旧谊托书邮。癸未秋分后一日，记于北京。劳柯。"

这应该是谷林翁与周生唯一的交集。他们都是启我惠我至深至厚的人，我没能为两位做过什么，惟在铭感与痛惜之余，愿他们天上相逢。——会的，以他们可谈得来的书生本色。

借此再重复开头的说法：声气相契的人，总会冥冥中注定相遇、相牵。就像这本《爱书来》，除却扬之水，整理者撄宁、编辑陈飞雪，与我这个作跋者，彼此之间原亦皆各有旧谊，如今围绕着谷林先生的书邮，得以纸上相聚。

如此，愿本书这些旧时鸿雁所展示的、谷林先生那份"淡墨斜行"的书人情致，也在世间牵系更多的同好。会的。

二〇一九年九月八日，白露

（白露的物候是"鸿雁来"，为这本鸿雁之书写下此跋，亦为宜焉。）

图书在版编目（CIP）数据

爱书来：扬之水存谷林信札 / 谷林著；揖宁编
-- 上海：上海译文出版社，2019.12（2021.1）重印
ISBN978-7-5327-8350-2

I. ①爱··· II. ①谷··· ②揖··· III. 书信集－中国
－当代 IV. ① I267.5

中国版本图书馆 CIP 数据核字（2019）第 276581 号

爱书来：扬之水存谷林信札	出版统筹　赵武平	装帧设计　李　猛
谷林　著　揖宁　编	责任编辑　陈飞雪	内文制作　宗国燕 @ 气和宇宙

上海译文出版社有限公司出版、发行
网址：www.yiwen.com.cn
200001　上海福建中路 193 号
上海雅昌艺术印刷有限公司印刷

开本 890×1240 1/32　印张 9　插页 4　照片 10　字数 122,000
2020 年 1 月第 1 版　2021 年 1 月第 2 次印刷
印数：5,001-7,000 册

ISBN 978-7-5327-8350-2/I • 5117
定价：78.00 元